Ana Cristina Melo

A TURMA DO CP-500

• *O Mistério da Casa de Pedras* •

2ª edição

Texto 2018 © Ana Cristina Melo
Edição 2018 © Bambolê
Projeto gráfico e capa: Victor Hugo Borges Saraiva
Imagem de capa: Victor Hugo Borges Saraiva
Revisão: Gerusa Bondan

2ª edição - julho/2018 | 1ª impressão - julho/2018

M528t   Melo, Ana Cristina
       A turma do CP-500: o mistério da Casa de Pedras / Ana Cristina Melo . – 2. ed. – Rio de Janeiro : Bambolê, 2018.
       256 p. ; 21 cm.

       ISBN 978-85-69470-44-1

       1. Literatura infantojuvenil. I. Título.

                                              CDD : 028.5

Dados Internacionais de Catalogação na Publicação (CIP)
Bibliotecário Fabio Osmar – CRB7 6284

Todos os direitos reservados e protegidos. Nenhuma parte deste livro pode ser reproduzida total ou parcialmente, sem a expressa autorização da editora. O texto deste livro contempla a grafia determinada pelo Acordo Ortográfico da Língua Portuguesa, vigente no Brasil desde 1º de janeiro de 2009.

comercial@editorabambole.com.br
www.editorabambole.com.br

Impresso no Brasil

Para Beatriz, Gustavo e Antonio, que me ensinam a trocar qualquer tristeza por sorriso.

A Deus, pelo presente da escrita.

Capítulo 1

Rio de Janeiro,
Segunda-feira, 25 de abril. 8:15

Parecia um dia como qualquer outro no Colégio Ilíada; um dia como qualquer outro após um feriado prolongado. Professores reiniciavam a semana tentando vencer a adrenalina de seus alunos, buscando lecionar suas matérias nas vinte e duas turmas de Ensino Fundamental e Médio. Os alunos, por sua vez, ofereciam aos mestres apenas uma atenção parcial; estavam mais preocupados em contar as novidades das viagens e passeios, em cochichos e bilhetes que circulavam pela sala. Funcionários retomavam suas atividades, atualizando sistemas, arrumando arquivos, mantendo o mundo virtual em sintonia com o mundo real.

A manhã repousava nessa "paz". De repente, todo o colégio ouviu uma explosão, seguida de gritos que vinham dos três prédios. As salas e os corredores se encheram de uma balbúrdia alarmante; alguns alunos corriam, outros choravam, outros repetiam informações desencontradas. Os professores, sem conseguir controlar ninguém, também desapareceram pelas escadas.

Celeste, a professora de artes, que, no momento da explosão, dava aula para o nono ano, foi uma das primeiras a sair. Fred, Gui, Lena e Cadu terminavam o exercício de letra bastão quando a confusão teve início. Talvez por pressentimento de que aquela explosão teria alguma relação com eles, os amigos decidiram manter-se em sala. Mas, diante do tumulto formado, resolveram seguir os colegas que buscavam as escadas, desviando dos que corriam de um lado para o outro. Um garoto do sexto ano passou alardeando que um helicóptero tinha caído no telhado. Eles se entreolharam, primeiro surpresos, para, depois, com um mínimo de lógica, deduzir que a informação era muito absurda para ter valor. Avistaram Carol, vindo em sentido contrário ao da multidão, visivelmente perturbada.

— No pátio... a explosão... as janelas... estouraram minha sala...

Carol estava ofegante e assustada, gaguejava ao falar, mas Fred, conhecendo a irmã, conseguiu compreender que a explosão tinha ocorrido no pátio. O deslocamento de ar devia ter atingido alguma sala do segundo andar, onde ficava a turma dela de oitavo ano. Por um momento, um nome lhe veio como responsável por tudo aquilo: Mack.

Assim que conseguiram se desvencilhar dos alunos atordoados que ocupavam os corredores, eles desapareceram pelas escadas. No pátio, encontraram outra pequena multidão em semicírculo, bem ao lado do chafariz com a figura de Atena. Uma espécie de incômodo – ou mesmo medo – tomou conta dos cinco amigos. Era como se soubessem o que poderia estar ali no centro, encoberto por todos aqueles alunos assustados. Seguiram até lá, em passos lentos, como se essa precaução tivesse o poder de desfazer o que havia acontecido.

Lena foi a primeira a vencer a barreira de alunos. Logo que avistou os restos de uma caixa bege claro, com uma espécie de monitor ao lado, soltou um grito. Não podia acreditar no que via. Cobriu o rosto com as mãos, para que não a vissem chorar. Ninguém em volta entendeu sua reação, exceto seus amigos que, ao se aproximarem dela, não só compreenderam, como deixaram escapar pequenos gritos de várias gradações, demonstrando o mesmo choque.

A cena era horrível. A caixa, o monitor e o teclado pareciam ter sido destruídos a marretadas. Mal se conseguia distinguir que um dia houvera um teclado ali. Os colegas os olhavam com atenção, bem mais estupefatos do que ficaram com a explosão e depois com o estado daquela carcaça sem qualquer significado. Não desconfiavam que aquele objeto destruído podia se tratar de algo de muito valor.

O nome Billy foi sussurrado, entre lágrimas, por Lena. A emoção da amiga contagiou Carol. Cadu também sussurrou o mesmo nome e não se envergonhou de deixar os olhos embaçarem. Fred e Gui foram os únicos que ficaram impassíveis, por motivos distintos.

— Vamos sair daqui, turma! — ordenou Fred.

Ele se mostrou tão decidido, que ninguém ousou desobedecer. Assim que deixaram o local, os outros alunos voltaram ao burburinho em que se especulava o motivo de terem explodido algo tão estranho.

Os amigos se sentaram em um dos bancos de pedra que ficava no pátio e se consolaram enquanto Fred observava em volta. Havia muitos professores tentando conter os ânimos, alunos circulavam sem rumo por todos os cantos, uma ambulância acabava de chegar indicando que alguém tinha se machucado... Pistas sem importância, exceto o resto de fumaça que ele avistou na passagem que dava acesso às quadras e à entrada dos blocos. A sala de Carol ficava logo acima. Os prédios de três andares do Colégio Ilíada foram construídos no formato de um grande "U" invertido, de cantos retos. O pátio ocupava a área interna, dando visão à metade das salas. Da outra metade enxergava-se o contorno do colégio, onde ficavam a piscina olímpica, as quadras cobertas e o estacionamento. A sala do nono ano, onde estudavam Fred, Gui, Lena e Cadu, ficava no prédio da esquerda, no terceiro andar, com janela para a piscina, enquanto a sala de Carol ficava no centro, com janela para o pátio da frente. A entrada para os blocos, assim como a passagem para a área esportiva, era feita por um grande túnel no prédio central. E bem ali ainda era possível enxergar a fumaça. Fred não tinha mais dúvida; havia dois cenários: no primeiro, a explosão na passagem para as quadras, e, no segundo, perto do chafariz, a destruição do computador, que, no fundo do seu coração, ele pedia para não ser o Billy. Não iria chorar na frente dos amigos, mas essa seria uma boa reação se ele soubesse que tinha perdido seu amigo.

Fred rastreou todos os blocos. Ao chegar ao final do prédio da direita, sua atenção foi desviada para o banco colocado à frente da figueira centenária, lugar preferido da maioria dos alunos do Ilíada. Atrás da árvore, havia o portão para o estacionamento. Fred foi se aproximando, mas não era a árvore ou o banco que lhe chamava atenção. A cada passo ficava mais nítido o que tinha lhe atraído: um envelope preto, caído entre o banco e o tronco da árvore. O mistério estava esclarecido: Mack era o autor daquela explosão.

Sem ninguém perceber, Fred guardou o envelope dentro da camisa. Ao voltar para onde estava, se deparou com os amigos, já em pé, atentos ao seu movimento. Era possível pressentir a descoberta de alguma pista.

— Na biblioteca, agora — avisou, discretamente, ao passar pelos quatro.

O grupo estava subindo os seis lances de escada que davam acesso ao terceiro andar quando ouviram uma sirene.

— A polícia chegou — concluiu Fred, após parar um momento para distinguir o som.

Gui tentou olhar pelo basculante no patamar entre os degraus:

— Será que vão vasculhar todo o colégio?

— Provavelmente. Por isso precisamos ser rápidos.

Carol acelerou o passo, chegando primeiro:

— Anda, Lena!

— Ah, dá um... tempo — reclamou Lena, ofegante. — Não é à toa que os alunos não leem. Que ideia, colocar a bi... bli...oteca no último andar.

— Eu não vejo problema — desdenhou Carol, aproveitando para tripudiar da falta de preparo físico da amiga, a primeira que se cansava nos treinos do time de vôlei.

— Claro, você nunca vem aqui — devolveu Lena, irritada.

Fred olhou sério para as duas:

— Garotas, por favor!

A biblioteca era uma sala imensa, com estantes encostadas à parede, repletas de livros que não precisavam ser pedidos a ninguém. No centro de todo o salão foram dispostas várias mesas largas e coloridas, com quatro ou seis lugares, para consulta e leitura dos alunos. Do lado esquerdo, ficava a passagem para o acervo, protegida pelo balcão da bibliotecária. À direita, a biblioteca era dividida entre a área de computadores, com acesso à internet para pesquisa, e salas reservadas para reuniões em grupo.

— Perfeito! Está vazia. Nem a bibliotecária está aqui — observou Gui.

— Mas ainda assim não acho seguro ficarmos no salão. Vamos pra uma das salas de estudo — propôs Fred, seguindo na frente.

Fred tirou o envelope de dentro do casaco e colocou-o sobre a mesa. Depois do que houve no pátio, outros poderiam desconfiar que fosse uma carta-bomba, mas eles não tinham medo, pois conheciam bem aquele envelope.

— É alguma mensagem do Mack, não é? — deduziu Gui.

— É o que parece — respondeu Fred, enquanto pegava um cartão de tamanho igual à terça parte de uma folha A4, com vários furos que eles já conheciam bem.

Lena recolheu o objeto nas mãos:

— É outro cartão perfurado!

Carol tomou o cartão de Lena e entregou-o ao irmão:

— Vai, Fred, o que está escrito?

— Calma! Lena, você tem um papel?

— Já me viu sem papel e caneta, Fred?

Lena tirou do bolso da calça jeans um pequeno bloco de capa dura e uma caneta lilás que ficava embutida na capa. Fred puxou do bolso o smartphone e acionou um programa especial para conversão. Para cada coluna, considerou um espaço furado como 1 e os não furados como zero, gerando uma série de números binários. A primeira sequência que ele obteve foi "1000 0001 0000". O programa retornou o valor convertido e ele ditou para Lena a letra "E". Depois, "0100 0001 0000", e chegou à letra "N". Assim ele seguiu, ditando letra a letra: "T", "R", "E", "G", "U", "E" até o final da mensagem, que preenchia 67 colunas do cartão.

— Acabou? — perguntou Cadu, ansioso.

— Ahã!

Foi a vez de Carol:

— Então, o que está escrito aí, Lena?

Lena empurrou a folha para o centro da mesa. Todos olharam fixamente para a sequência de letras que, a princípio, não trazia nenhum sentido.

"ENTREGUEMOQUEEMEUATEAMANHAME IODIASENAOBILLYSERAOPROXIMOAIRPELOSA RES"

Cadu, desistindo, reclamou:

— Custava esse Mack usar espaço!

Lena sorriu e desenhou barras verticais entre as palavras, clareando o texto embaralhado.

"ENTREGUEM|O|QUE|E|MEU|ATE|AMANHA|MEIODIA|SENAO|BILLY|SERA|O|PROXIMO|A|IR|PELOS|ARES"

Em seguida, leu pausadamente a mensagem que já estava clara para todos, mas não podia ser mais clara sobre o que de fato significava.

— Entreguem o que é meu até amanhã, meio-dia, senão Billy será o próximo a ir pelos ares!

Eles se entreolharam numa mistura de alívio e angústia. Aquela investigação estava ficando perigosa demais.

Capítulo 2

```
Duas semanas antes...
Rio de Janeiro,
Quarta-feira, 13 de abril. 7:00
```

Frederico caminhava apressado por um atalho que ligava sua casa ao colégio. Àquela hora só era possível ouvir o arrulhar dos pombos, que migravam de um poste a outro. Nada de carros, nem pessoas. Havia acordado atrasado e tinha certeza de que não lhe deixariam assistir ao primeiro tempo, o que seria para ele uma grande decepção, pois adorava a aula de matemática. Admirava o carisma e a facilidade que o professor Boanova tinha para encantar seus alunos. Não era fácil lidar com adolescentes de catorze, quinze anos e até mais velhos.

Se não tivesse se decidido a estudar computação, talvez até pensasse em se tornar professor de matemática. Mas a informática estava no sangue, já que o pai era analista de sistemas. Herdara dele o temperamento e a vocação. Só que Fred não pensava em desenvolver sistemas, nem sites para Internet; ele sonhava com algo diferente, que ainda tinha muito para ser explorado: o campo da Inteligência Artificial. A primeira vez que ouviu o termo foi assistindo ao filme de mesmo nome. Depois disso, passou a pesquisar tudo a respeito e não cansava de se fascinar.

Fred morava em um condomínio de casas e pequenos prédios em Jacarepaguá. De lá até o colégio gastava trinta minutos a pé. Pelos seus cálculos, se apertasse as passadas, conseguiria economizar alguns minutos. Nem cogitava tentar o ônibus, pois entre andar até o ponto, esperar algum carro das duas linhas que lhe serviam e aguentar o engarrafamento comum àquele horário, acabaria gastando quase uma hora.

Previa chegar ao colégio às 7:15, muito além da tolerância de cinco minutos para entrar. Tudo culpa da irmã que, ao experimentar uma maquiagem nova, ficou com as pálpebras inchadas e o rosto avermelhado.

Como estavam sozinhos em casa, ele se viu obrigado a ligar para a farmácia, pedir o antialérgico e ficar de olho nela até de madrugada, para ter certeza de que estava tudo bem.

Se eles ainda tivessem a mãe...

Mas talvez não adiantasse muita coisa. Ele se perguntava se ela, em algum momento, tinha imaginado que existiriam ocasiões assim, em que eles, seus filhos, precisariam mais dela do que os necessitados da África que ela fora socorrer como médica numa missão humanitária. O que era para durar dois meses já durava quatro anos, em locais, na maioria das vezes, sem qualquer infraestrutura, com comunicação precária; internet, então, um luxo que ela não possuía. A falta de tecnologia afastava mãe e filhos de uma maneira mais dolorida ainda. Vivian já tinha visitado mais de dez países, como Tunísia, Mali e Mauritânia. Agora estava no Senegal. Numa carta, contara ao filho que esses países são de cultura árabe e poucos entendiam o francês. Assim, não era fácil cuidar das pessoas sem conseguir o mínimo, que era se comunicar com eles. A mesma sensação que Fred tinha em relação à mãe: pareciam falar idiomas diferentes.

Carolina e ele concordavam num ponto. A mãe vivia dizendo que aquela experiência estava sendo transformadora, mas certamente também havia transformado seus filhos. Se como pessoa ela se descobrira mais humana, eles podiam apostar que, de outro lado, ela havia se perdido como mãe.

Alberto, o pai, desgostoso depois do primeiro ano sem sua mulher e das inúmeras brigas, via cartas espaçadas e poucos telefonemas. Decidiu se separar. Passou a ter uma namorada atrás da outra. Fred se sentiu adulto muito cedo, e foi com a autoridade dessa condição que ele avisou ao pai que não ia aceitar aquele entra e sai de mulheres na vida deles. Carol apoiou o irmão e, de algum modo, isso os uniu de uma forma especial. O pai entendeu e mudou radicalmente de atitude. Não só deixou de procurar esse tipo de fuga, como passou a ficar mais tempo em casa. Só que, havia dois anos, Fred o percebia completamente sozinho, o que também não achava justo. Era visível a tristeza de Alberto. Ele agora vivia apenas para o trabalho e os filhos.

Havia alguns meses, o pai tinha mudado de emprego, assumindo um horário de madrugada. Dormia por seis horas no período em que os filhos estudavam, para, à tarde, estar disponível para eles.

Foi a partir de então que Fred passou a se sentir mais responsável pela irmã. Brigavam muito, por coisas tolas, mas o pai contava com ele para protegê-la.

Vivian, a mãe, escrevia mensalmente. Perguntava da rotina deles e contava detalhes do que fazia para ajudar às pessoas de lá. Só não respondia quando ia voltar. Dizia que ainda havia muita gente que precisava dela.

Os filhos só tinham recebido uma única foto da mãe naqueles anos, e parecia bem mais magra, apesar de continuar muito bonita. Eles mandavam fotos a cada Natal, para receber a resposta de sempre: estava feliz por vê-los crescidos e saudáveis.

Carol tinha um pesadelo constante no qual esquecia como era o rosto da mãe, o que, para Fred, era quase impossível, pois todos concordavam que ele tinha os traços dela. Era branco, de cabelos e olhos castanhos claros, nariz afilado, rosto fino simetricamente desenhado numa expressão suave, mas decidida.

A irmã havia puxado ao pai. Era mais morena, com cabelos castanhos escuros, o mesmo nariz do irmão num rosto mais redondo. Era muito bonita também, mas em repetidas vezes que se comparava à mãe achava que saía perdendo.

Fred, enquanto caminhava até o colégio, pensava na sua vida, na solidão do pai, quando percebeu um carro se aproximar bem rápido, para, em seguida, frear ao seu lado. Já se armava em posição de defesa quando reconheceu o modelo verde metálico.

Do vidro abaixado, viu surgir uma figura de cabelos louros espetados e olhos grandes e azuis, lhe oferecendo carona.

Fred sorriu para Guilherme, seu melhor amigo desde o jardim de infância.

— E aí, vai ficar me olhando ou vai entrar? Não sei se percebeu, mas estamos atrasados.

— Fala, Gui!

Fred abriu a porta de trás e entrou.

— Bom dia, seu Sérgio. Obrigado pela carona.

— Por nada, Frederico.

Fred e Gui trocaram uma careta. Fred adorava o pai do amigo, mas não aguentava essa mania de ele chamar todos pelo nome inteiro. Sérgio não curtia apelidos e Fred não curtia seu nome.

— Guilherme perdeu a hora no banheiro e nos atrasamos. Não sei por que você insiste em fazer esse caminho a pé e sozinho. Aqui é deserto, só serve para passar de carro e olhe lá!

— Eu sei, mas é que também me atrasei e não ia dar tempo de pegar o ônibus.

— Bem, isso é verdade. O condomínio é ótimo, mas circular a pé deixa tudo muito mais distante. Só pra andar de casa até o ponto é uma eternidade. Mas você bem que podia aceitar vir com a gente, afinal, vocês estudam na mesma sala.

— Eu agradeço, mas não dá pra combinar horário com a minha irmã. Todo dia tem um motivo pra atraso. Ela se arruma como se fosse pra um casamento.

Todos riram.

— Está certo, mas, se mudar de ideia, é só me pedir.

— Falando na Carol, Fred, cadê ela?

— Ficou dormindo. Passou um troço doido na cara que deu uma alergia danada.

— Putz!

Gui e Fred emendaram num papo animado sobre as provas do bimestre que tinham terminado e o jogo de vôlei que ocorreria em uma semana, e nem perceberam o burburinho na porta do colégio.

— Olhem, meninos! O que será que aconteceu?

A calçada estava lotada de alunos, enquanto os portões permaneciam fechados.

— Nossa, pai! Será que acharam uma bomba no colégio? — debochou Gui, já torcendo para não ter aula e poder ir para a quadra.

— Nem brinca com um assunto sério desses, Guilherme. Vou ficar aqui. Desçam e tentem descobrir o que está acontecendo. Se não tiver aula, levo vocês pra casa.

— Tá certo, pai!

Eles se aproximaram da multidão que obstruía a frente do portão. Os alunos pareciam torcedores no Maracanã em dia de clássico. Mas ninguém sabia realmente o que estava acontecendo, a não ser que os portões não haviam sido abertos no horário normal. Cada aluno tinha um palpite: começava num luto pela diretora do colégio até chegar numa grande teoria da conspiração.

Fred e Gui desistiram de obter qualquer informação ali e foram ladeando a grade, na esperança de encontrar alguma resposta. Viram Maria Helena, o que pôde ser percebido claramente pela mudança de postura de Gui, que logo tratou de arrumar os cabelos, ajeitar a mochila e sacar um sorriso galanteador.

De forma inversa, Fred murchou. Algo que não faria seria disputar uma garota com seu melhor amigo. Principalmente, sendo Gui esse cara, mesmo que não falasse às claras sobre o que sentia. Brincava, aceitava que fizessem piadinhas, mas não confessava. Só uma única vez dissera para Fred: "Cara, a Lena mexe pra valer comigo". Tinha sido o suficiente. O sentimento de Fred por ela se tornou impossível a partir daquele dia. Mas isso não apagava a certeza do quanto gostava dela e do quanto esse sentimento o incomodava. Ela, por sua vez, apenas era gentil com ambos.

Desviando de um e outro aluno, aterrissaram ao lado dela. Ouviram um "Oi" cheio de energia. Gui respondeu efusivamente; Fred, com timidez.

— Galera, vocês não tem ideia do que está acontecendo!

— Isso foi uma pergunta ou uma afirmação? Pois não temos ideia mesmo. Mas esse seu ar denuncia que já descobriu algo de interessante — adiantou-se Fred.

— Claro que descobri. E algo escapa ao meu faro para descobrir histórias interessantes?

— Lena, tenho certeza de que um dia você vai se tornar uma escritora. Mas, agora, relaxa.

Ela suspirou profundamente. Fred tinha essa mania. Parecia adorar chamar sua atenção. E ela odiava isso.

— Não sou eu o assunto — corrigiu ela, levemente irritada. — Aliás, o fuzuê não tem relação com o meu gosto, mas com o seu — completou de forma irônica, apontando o dedo na direção do peito do amigo.

— O meu?! — estranhou Fred.

— É! Parece que deu pane em todos os sistemas. O portão não abriu na hora programada, o subdiretor não apareceu ainda e nenhum sistema biométrico funciona.

— Putz! Desde que o Ilíada foi todo informatizado, isso nunca aconteceu — surpreendeu-se Gui.

— E o professor Hórus?

Hórus era o professor de Informática e o chefe do Departamento de Tecnologia da Informação, chamado de TI. Os alunos o achavam um cara estranho, pouco sociável, mas tratava todo mundo com cordialidade.

— Não sei, Fred, mas ouvi um garoto do sétimo ano, que é vizinho dele, dizer que ele viajou para a Europa. O zelador já ligou para a diretora. Ela está a caminho.

— Viajar em pleno período de aulas? — espantou-se Fred.

— Dizem que foi receber uma herança na Itália.

— Isso explica por que, há duas semanas, não temos aula de Informática — ironizou Gui. — E o zelador não pode abrir o portão?

— Gui, essa eu sei — adiantou-se Fred. — Ele até poderia abrir o portão e a porta dos blocos, mas, sem o sistema biométrico, ninguém consegue entrar nas salas. Só com a chave mestra, que fica com a diretora, o subdiretor ou o diretor de TI. E seu Francisco não conseguiria conter mais de quinhentos alunos soltos pelos corredores. Você conhece nossos colegas: a metade não iria lhe obedecer.

— O Fred só errou na quantidade que não iria obedecê-lo — Lena riu. — Ouvi seu Francisco falar exatamente isso com um aluno. Depois sumiu lá pra dentro, acho que pra não ter que ficar dando satisfações a cada um que chegava.

Percebendo um burburinho diferente, eles avistaram o professor Afrânio, o subdiretor, a figura mais estranha e temida do colégio – na opinião da maioria dos alunos. Além de braço direito da diretora, ainda lecionava história. Com seu ar grave, cabelo branco comprido, óculos de aros grossos e uma coleção de jalecos, tinha a fama entre os alunos de ser uma múmia contrabandeada.

Ele se embrenhou no meio dos alunos e subiu num pilar decorativo, ao lado do portão, chamando atenção de todos com um assobio estridente. Fred, Gui e Lena se aproximaram. Como era de hábito, o professor pigarreou antes de falar.

— Atenção! Si-lên-ci-o! — escandiu as sílabas, num tom altíssimo, para ganhar a atenção dos alunos. — Por ordem da diretora, as aulas de hoje estão canceladas.

Houve uma gritaria geral comemorando o dia de folga. O professor Afrânio ficou visivelmente irritado.

— Até o final do dia — aumentou gradativamente o tom de voz —, a diretora passará um e-mail para os responsáveis e alunos, dando satisfações — finalizou, sem grande esperança de que tivesse sido ouvido.

Somente Fred, Gui, Lena e mais alguns alunos não comemoraram, pelo menos, não assim, de forma explícita. Fred não tinha motivo para se sentir feliz. Perderia sua aula preferida e ficaria longe de Lena. Além disso, estava bem cismado com aquela falha no sistema do colégio e gostaria de poder entrar para saber mais detalhes. Tinha certeza de que havia algo errado naquele contratempo.

— Lena, quer carona pra casa? Meu pai ficou esperando a gente.

— Eu aceito, Gui. Minha mãe já foi embora. Você também vai, Fred?

— Hã?! Ah, claro, vou sim.

Fred e Carol costumavam ir de ônibus ou a pé para a escola. Gui ia sempre com o pai, e Solange, a mãe de Lena, a levava. A mãe dela era viúva e essa ausência fazia com que Fred se identificasse ainda mais com a amiga. Era como se as histórias deles se completassem. Ela não tinha pai, enquanto ele não tinha mãe. Não exatamente do mesmo jeito, mas, para ele, era como se fosse, já que tivera que se acostumar com a ausência da sua mãe desde os dez anos. Foi mais ou menos na mesma época em que Lena perdeu o pai. Sabia que tinha sido muito difícil para a família dela, mas, de alguma forma, estavam todos preparados, pois o pai tinha um problema congênito no coração. Ele contava que as maiores alegrias de sua vida tinham sido conhecer Solange e ter visto a filha nascer. Pai e filha tiveram os dez melhores anos que poderiam viver um ao lado do outro — ele fez questão de repetir várias vezes enquanto ainda estavam juntos. Lena tinha uma relação muito forte com Solange, enquanto Fred e Carol eram muito ligados a Alberto.

Eles se afastaram, desviando de alguns alunos que ainda permaneciam na porta do colégio. Quando se aproximaram do carro, Gui sussurrou ao amigo:

— Vai na frente!

Fred olhou para ele com um ar desolado. Sempre ficava assim ao lado de Lena, mas nada o deixava mais desorientado do que presenciar as investidas de Gui. Nem retrucou. Abriu a porta da frente, pediu licença e se sentou. Fingiu não ver o olhar de surpresa de Sérgio, que conferia pelo retrovisor a entrada de Gui e Lena no banco de trás.

— Bom dia, tio! — Lena cumprimentou o pai de Gui assim que entrou.

— Bom dia, Maria Helena. Vocês não vão ter aula?

Gui e Lena contaram tudo que sabiam. Fred se manteve calado e Sérgio estranhou.

— Taí, esse era um mistério pra você e o Alberto resolverem, não é, Frederico?

Fred apenas sorriu de lado. Já havia pensado em conversar

a respeito com o pai, mas ele estava tão desatualizado, que não sabia se ia conseguir ajudar. Era capaz de Fred conhecer mais das tecnologias modernas do que o pai, que depois de trinta anos trabalhando com Informática, só queria saber dos velhos computadores, chamados de grande porte.

— Ei, sabe o que lembrei? — Lena deu tanta ênfase que todos ficaram assustados.

— Nossa, Lena, espero que não seja nada que tínhamos que fazer lá no colégio.

— Mais ou menos, Gui. Eu me lembrei do trabalho de português. Nós ainda não fizemos quase nada.

— Ela tem razão, Gui. Podíamos nos reunir lá em casa, depois do almoço — propôs Fred.

— Por mim, tudo bem — concordou Lena.

— Pra mim, ok, mas alguém tem que avisar o Cadu. Eu não o vi na porta do colégio e o celular dele não atende.

— Quando a gente passar na guarita, seu Sérgio, o senhor pode dar uma paradinha? — pediu Fred. — Assim avisamos o pai dele.

Carlos Eduardo era bolsista no Colégio Ilíada e filho de Ari, um dos porteiros do condomínio que trabalhava ali havia mais de quinze anos, desde a inauguração. Ari era querido e respeitado por todos os moradores. Foi o pai de Gui quem conseguiu a bolsa para Cadu, amigo dos meninos desde que nasceu.

Todos concordaram, e Fred, pela primeira vez no dia, se sentiu satisfeito.

Capítulo 3

Quando entrou em casa, Fred viu o pai sentado no sofá, cabeça abaixada, mãos cruzadas sobre a nuca. Ao ouvir a porta se fechar, levantou o rosto, que exibia uma nítida expressão de cansaço.

— Oi, pai!

— Oi, filho. O que aconteceu? Não teve aula?

— Não teve, não! Houve algum problema no sistema do colégio e nenhuma porta foi aberta.

— Eu digo que essa modernidade toda não dá muito certo. Não é à toa que ainda se mantêm os computadores de grande porte.

— Pai! Você só fala isso porque não gosta da microinformática. — Fred colocou a mochila na poltrona e se sentou ao lado dele. — Ainda não foi dormir?

— Não! Encontrei o seu bilhete e fiquei preocupado com a Carolina. Obrigado por cuidar dela.

— Ela é chata, mas é minha irmã — debochou Fred. O pai sorriu em resposta. — Não fica assim, não foi nada de mais e ela já estava melhor quando saí. Aliás, a dorminhoca já acordou?

— Não! Em situação normal, ela já planta raízes na cama, com o remédio, então, vai florir e dar frutos.

Os dois dividiram uma boa gargalhada.

— Vai dormir, pai. Você trabalhou a noite toda. Eu fico de olho nela.

— Tem certeza?

— Tenho. Vai tranquilo. Você precisa descansar.

— Está bem, filho.

O pai deu um beijo na cabeça dele e sussurrou mais um obrigado.

Carol acordou pouco antes do almoço e já não tinha mais qualquer sinal de alergia. Sorte de Fred, pois, senão, teria que aguentar a irmã reclamando a tarde toda.

Eles já haviam deixado a mesa quando a campainha tocou. Fred se antecipou para atender.

— Entra aí, Cadu.

— Valeu, Fred — eles trocaram cumprimentos socando os nós dos dedos.

— Você não foi à aula hoje?

— Fui, mas cheguei atrasado e só encontrei seu Francisco avisando do cancelamento das aulas.

— Um mistério que eu ainda não entendi.

— Imagina eu, que não saco nada de computador, a não ser falar no MSN e usar o Google.

Carol entrou na sala e Fred percebeu a troca de olhares entre o amigo e a irmã. Já não era a primeira vez que notava um clima entre eles. Pouco depois, chegaram Gui e Lena para a reunião, e os quatro se transferiram para o outro cômodo, reformado pela mãe de Fred e Carol para ser um estúdio onde eles pudessem estudar. Era um local confortável, com uma mesa retangular para seis pessoas, perfeita para trabalhos em grupo, várias estantes de livros, um globo terrestre de meio metro, além de um computador de mesa com impressora.

O trabalho consistia em extrair duas descrições de personagens e duas de cenários de romances publicados nos séculos XIX e XX. A professora de língua portuguesa tinha trabalhado o tema conto versus romance e vinha estabelecendo vários paralelos. Um segundo trabalho ia comparar narrativas em português falado no Brasil com narrativas em português de Portugal ou de outros países lusófonos.

Lena tirou vários livros da bolsa. Cada um pegou um exemplar, folheando aleatoriamente. Tinha Machado de Assis, Mark Twain, Pedro Bandeira, Marcos Rey, Fernando Sabino, entre outros.

— Eu já marquei um trecho desse romance Helena, do Machado de Assis. Terminei de ler no mês passado, por indicação da minha mãe. Gostei. Vivem dizendo que ler Machado de Assis é chato, mas comecei pelos contos e logo me acostumei com a linguagem. É meio antiguinha, mas, tirando essa parte, dá pra curtir as histórias.

— Ah, Lena, isso é porque você quer ser escritora, pois não consegui chegar nem no final do primeiro parágrafo de um livro dele que meu pai cismou que eu devia ler — reclamou Gui.

— Mas que livro foi esse? — perguntou Lena.

— Foi um tal de Dom alguma coisa, que todo mundo vive falando que vai cair no vestibular.

— Não, Gui. Lê os contos primeiro. Foi isso que minha mãe me falou e deu certo. Sabe qual foi o primeiro conto que ela me deu pra ler?

— Não!

— Foi um que estava no nosso livro didático do quinto ano. É aquele da discussão entre o novelo e a agulha de linha.

— Eu me lembro desse texto. Ele é bem legal. Parece uma fábula. — Cadu, que era sempre o mais calado do grupo, lembrou com entusiasmo.

— O conto se chama "Um apólogo". Tá aqui, ó, nesse livro Várias histórias. Depois eu fui lendo um ou outro conto, que minha mãe ia indicando. E logo me acostumei com esse jeito dele. Tem um bem legal, que é da cartomante.

— Pode ser, mas ainda assim prefiro ficar nos meus gibis — argumentou Gui, muito sério.

— Não, Gui, você não vai conseguir ficar "só" nos seus gibis. A partir do ano que vem, no ensino médio, vamos ter que ler todos esses livros. Se você não quiser ficar doido na hora de prestar as provas pra entrar numa faculdade, então é melhor arranjar o seu jeito de se acostumar com esses textos.

— Tá, pessoal, vamos cortar a discussão, senão o trabalho não sai. — Fred tentou organizar. — Lê essa parte que você marcou, Lena, pra ver se está legal.

— Ok. É logo no primeiro capítulo: "Camargo era pouco simpático à primeira vista. Tinha as feições duras e frias, os olhos perscrutadores e sagazes, de uma sagacidade incômoda para quem encarava com eles, o que o não fazia atraente. Falava pouco e seco. Seus sentimentos não vinham à flor do rosto. Tinha todos os visíveis sinais de um grande egoísta; contudo, posto que a morte do conselheiro não lhe arrancasse uma lágrima ou uma palavra de tristeza, é certo que a sentiu deveras. Além disso, amava sobre todas as coisas e pessoas uma criatura linda,

— a linda Eugênia, como lhe chamava, — sua filha única e a flor de seus olhos; mas amava-a de um amor calado e recôndito".

Gui bufou e reclamou:

— Não entendi nada. Vai falar difícil assim...

— Ah, Gui, não é pra tanto. É um pouco estranho, mas dá pra entender. É só você se fixar na história, não no formato das frases.

— Bem, acho que já temos uma descrição de personagem de um livro narrado no século XIX. Todos concordam? — Fred se intrometeu antes que se iniciasse uma nova discussão.

Todos balançaram a cabeça, em afirmação, mas Lena exibia um bico tamanho pão de açúcar, como Fred gostava de implicar. Ela sempre se sentia desprestigiada no grupo e era pior quando achava que esse descaso vinha de Fred.

— Lena, depois você me empresta esse livro de contos? — pediu Cadu enquanto folheava o livro.

— Claro. Se você quiser ler mais textos do Machado, pode pegar o resto na Internet.

— Todos os textos? — Gui ficou impressionado.

— É! Depois de um tempo que o escritor morre, os textos se tornam públicos. Poxa, Gui, a professora de português falou disso mês passado.

— Ah, e você acha que vou guardar essas coisas?!

Todos riram.

— Então guarde agora esse nome. Os textos ficam em domínio público — Fred completou a informação.

— Ahhh! Liberado geral.

Fred balançou a cabeça enquanto os amigos riam.

— Vamos lá, cada um dá uma lida no seu livro e vamos ver o que conseguimos separar.

Gui pegou um livro do Marcos Rey, enquanto Cadu pegou um de Pedro Bandeira. Lena dividiu com Fred os livros de Machado de Assis e Fernando Sabino.

Logo a reunião se tornou uma grande farra, não só pelos comentários a respeito dos trechos lidos, como pelo interesse que algumas histórias iam despertando neles.

Depois de duas horas de estudo e gozações, Fred se ofereceu para finalizar o trabalho:

— Acho que conseguimos todas as descrições. Lena, você pode me passar as marcações para eu ir digitando?

Lena se sentou ao lado do amigo para ajudá-lo a digitar cada trecho. Enquanto isso, Cadu e Gui ficaram conversando com Carol, que permanecera por lá, depois de ter levado um lanche pra eles.

Quando Fred acabou, Gui deu uma sugestão.

— Acho que, depois de tanto esforço, merecíamos uma diversão.

— Já sei, jogar video game. — Cadu adorava quando Fred o convidava para jogar.

— Não, Cadu! Pensei em treinarmos pro campeonato de vôlei. Cara, nosso time não pode perder.

Cadu ficou um pouco decepcionado, mas concordou, pois Carol, Lena e Fred também aprovaram a ideia. Carol e Lena eram do time feminino. No masculino, estavam Cadu, Fred e Gui. Havia em ambos os times alunos misturados do sétimo ao nono ano.

Seguiram para a quadra que ficava no final da rua onde Fred e Carol moravam. Como não havia jogadores suficientes para formar dois times, resolveram fazer um jogo de duplas, no qual uma dupla seria um trio. De um lado da rede, ficaram Carol, Lena e Cadu; do outro, Fred e Gui.

Lena era muito boa na posição de líbero, ou seja, era fera na recepção e na defesa. Com isso, ela não podia sacar ou atacar. Uma solução perfeita, pois seus saques eram sempre fracos e sua disposição física para pular não era das melhores. Então, Carol e Cadu ficaram na rede, o que agradou silenciosamente aos dois. Carol assumiu sua posição de levantadora e Cadu posicionou-se como atacante. Gui e Fred também eram bons atacantes, mas Gui era um jogador mais completo, enquanto Fred oscilava um pouco em quadra. Toda vez que estava chateado, seu rendimento caía.

O jogo estava um pouco melhor para a dupla masculina, mas Lena logo incentivou seu time e conseguiu empatar. Ela fazia provocações, ora para Gui, ora para Fred – alguém mais atento podia interpretar que se tratava de outro tipo de jogo.

Com isso, Gui ficou cada vez mais animado e, quando o jogo estava dez a dez, resolveu se exibir um pouco: depois de receber a bola que Fred recepcionou, em vez de devolver o passe para ele atacar, bateu de segunda, tentando encobrir o bloqueio de Cadu. Mas ele pegou mal na bola e ela voou muito alta, caindo no quintal da casa de pedras que ficava ao lado da quadra, ocupando boa parte do quarteirão até a esquina da rua.

— Caraca, Gui, você realmente fez um ótimo ponto! — ironizou Fred, se vingando das puxadas de orelhas que o amigo lhe dera durante a partida.

— Eu vou lá pegar — Gui decidiu, num tom que denunciava não ter gostado da provocação.

— Não, Gui, pode ter algum cachorro. Toca a campainha e pede a alguém pra pegar — sugeriu Lena, preocupada.

— Não tem risco, não. Essa casa está abandonada há muito tempo. E não tem nenhum cachorro aí. Pelo menos, nunca ouvimos nenhum latido — explicou Carol.

— Mesmo assim, Carol, acho melhor o Gui tomar cuidado — insistiu Lena.

— Relaxem. Já trago essa bola.

Gui apoiou a ponta do tênis num vão do muro e tomou impulso para subir. Ele segurou os ferros da parte de cima e, com cuidado, passou cada uma das pernas. Antes de sumir do lado de dentro, ainda fez um sinal de positivo para os amigos, indicando que a área estava livre.

Fred chamou os amigos para irem até o portão de entrada. Talvez conseguissem enxergar algo lá dentro. O portão era de madeira e tinha apenas uma brecha na lateral. Daquele vão, Fred viu o amigo passar, mas não o enxergou fazendo o caminho de volta.

Depois de alguns minutos sem qualquer sinal, Lena se mostrou preocupada:

— O Gui está demorando muito pra voltar. Será que aconteceu alguma coisa?

— Talvez ele não esteja conseguindo escalar o muro por dentro — sugeriu Cadu.

Os outros não acharam uma justificativa possível, pois Gui tinha muita flexibilidade. A espera estava deixando todos ansiosos. De repente, ouviram um grito.

— Foi o Gui! — deduziu Carol, assustada.

— Está parecendo! — concluiu Fred.

— Temos que entrar. Ele pode estar machucado — alertou Lena.

— Vou pular o portão que é mais baixo e vocês ficam aqui.

— Não, Fred, eu vou com você. — Cadu se ofereceu.

— Vamos todos — Lena determinou.

— Mas é peri...

— Fred, estamos perdendo tempo. O Gui pode estar em perigo. — Lena não queria prolongar aquela discussão.

Pela urgência da situação, Fred concordou. Ele pulou na frente, ajudou Lena e Carol na descida e, por último, esperou Cadu passar.

Eles circundaram a casa com cuidado. Precisavam encontrar Gui, mas não sabiam quais perigos também poderiam enfrentar. Alguns passos depois, notaram a porta dos fundos encostada. Abriram bem devagar, tentando não fazer qualquer barulho. A cozinha tinha apenas uma geladeira, o que logo notariam ser um dos poucos objetos da casa. Realmente parecia que ninguém estava morando ali. Já começava a anoitecer e a cozinha não era muito bem iluminada. Eles atravessaram uma copa e uma sala de jantar até alcançarem a sala, onde encontraram Gui, em pé, na penumbra, completamente paralisado e olhando fixo para a frente.

Eles se voltaram para o lugar que atraía a atenção do amigo e tomaram um susto: o desenho de um rosto esverdeado os encarava de forma aterrorizante.

Capítulo 4

Carol e Lena seguraram o grito tapando a boca com as mãos. Fred olhou em volta. A sala era ampla, devia ter cerca de trinta metros quadrados. As cortinas estavam fechadas, escurecendo bastante o ambiente. A única luminosidade vinha do corredor, talvez de algum quarto aberto. Por isso, a expressão esverdeada, no escuro, era muito mais assustadora. Fred se aproximou bem devagar de Gui e perguntou, quase num sussurro:

— Você está bem?

— Es-tou — gaguejou ele em resposta.

— O que houve?

Ainda paralisado e com dificuldade de falar, Gui tentou explicar:

— Peguei a bola, vi a porta... A voz... eu ouvi...

— E aí?

Gui, então, saiu do seu transe:

— Cara, o que é aquilo ali?

Quando Fred encarou o objeto para tentar responder, ouviu uma voz metálica.

— Quem são vocês? Por que entraram na casa?

— A voz de novo — berrou Gui, assustado.

— Quem é você? — perguntou Fred, já notando que o rosto desenhado se alterava, mudando a boca para traços diferentes, conforme a voz saía.

— Billy.

Lena, Carol e Cadu se aproximaram dos dois.

— Que coisa é essa, Fred? — perguntou Carol, tremendo em cada cantinho do corpo. Mas o irmão a ignorou, completamente fascinado com o que estava à sua frente.

— Posso me aproximar de você?

— Sim.

Fred deu alguns passos e a sombra de uma grande caixa ficou mais nítida pra ele. Desconfiava o que fosse aquilo, mas queria ter certeza.

— Posso abrir as cortinas?

— Não.

— Não estou conseguindo te ver. Posso acender alguma luz?

— Acenda o abajur.

Fred observou a sala que estava vazia. Mas, bem no canto, ele achou um pequeno abajur sobre uma mesinha com tampo de mármore, o único móvel do ambiente. A luz azulada invadiu a sala e todos puderam ver de onde vinha a voz.

— É uma televisão antiga? — cochichou Carol para Lena, já se sentindo mais à vontade.

— Talvez seja igual àqueles filmes, com um cara escondido numa sala, falando com a gente pela televisão — opinou Cadu, também abaixando o tom.

— Não! Parece uma espécie de computador. Olhem, tem um teclado no meio dele — Lena apontou, chegando mais perto da máquina.

Ainda assim os três se mantiveram atrás de Fred, porém à frente de Gui, que permanecia parado no mesmo lugar.

— Você é um computador! — admirou-se Fred.

— Sim. Billy é um computador com funções especiais — respondeu a voz.

— Nossa, o seu modelo parece antigo... eu lembro de ter visto uma foto numa coleção do meu pai. Chamava-se Input... e a foto era de um...

— Billy é um CP-500, modelo criado pela Prológica, em 1982, compatível com o TRS-80. Os modelos iguais tinham duas entradas para disquetes 5¼, com capacidade de 178 kilobytes, monitor de fósforo verde, memória de 64 kilobytes e processador de 4 megahertz.

— Caraca, se consegui entender alguma coisa, meu celular deve ter mais memória que esse treco — debochou Gui.

Perdendo o receio da máquina à sua frente, ele se posicionou ao lado dos amigos.

— Billy não entende treco, mas Billy pesquisa — declarou a voz metálica, completando em seguida: — Treco. Definição:1. um objeto que não se sabe ou não se quer nomear; 2. qualquer perturbação na saúde, mal-estar, indisposição. Billy não é um treco. Billy é um sistema computacional complexo com inteligência artificial. Minha configuração atual tem muito mais capacidade que o celular de você.

Lena deu uma gargalhada, enquanto Carol e Cadu riram de forma discreta.

— Não sei do que estão rindo. Essa coisa nem sabe falar

direito — observou Gui, com despeito.

Fred ignorou a implicância entre os amigos, pois estava maravilhado:

— Você é um robô?

— Não. Billy é mais evoluído que um robô.

— E não é nada modesto — implicou Gui.

— Você tem nome? — perguntou Cadu, tendo a sensação de conversar com o video game.

— Meu nome é Billy.

— Você tem o corpo do CP-500, mas não tem mais o hardware dele, não é? — deduziu Fred.

— O que é esse raduér? — Cadu sussurrou para Lena, interpretando do seu modo o que ouviu.

— Psiu! Depois eu explico — reclamou Fred.

— Sim. Billy tem o corpo do CP-500 e o hardware de um computador ultramoderno.

— Isso é fantástico! Vocês têm ideia do que descobrimos? Estou impressionado! — disse Fred aos amigos, com um sorriso típico de alguém que tivesse descoberto um tesouro. — Billy, você pode me chamar de Fred. Será que você consegue reconhecer minha voz, saber quem eu sou pela voz?

— Sim. Billy consegue reconhecer imagem e voz. Billy consegue associar imagem e voz. Espere, gravando a voz... OK, Billy já reconhece o Fred.

— Fred, dá pra explicar pra gente o que está acontecendo?

— Peraí, Carol. Peraí!

— Billy quer registrar a voz da mulher. Billy pode?

Fred olhou pra Carol, deu uma risada, e depois se voltou para o computador:

— Pode, Billy. Mas aqui todos são meninos e meninas.

Você sabe a diferença?

— Sim, meninos são pessoas do sexo masculino. E meninas são pessoas do sexo feminino.

Todos gargalharam.

— Espero que ele não explique outras diferenças entre homens e mulheres. — Carol riu mais alto.

— Desculpa, Billy, eu não me expressei direito. Perguntei se você sabia a diferença entre menina e mulher...

— Sim, menina é uma pessoa do sexo feminino de pouca idade, considerada como criança ou adolescente. Mulher é uma pessoa do sexo feminino de idade adulta.

— Está certíssimo, Billy. Carol é uma criança — Fred provocou a irmã.

— Criança, uma ova! — protestou Carol, sacudindo o dedo na direção do irmão.

— Billy corrigiu o cadastro. Espere, gravando a voz... OK, Billy já reconhece a Carol.

Fred estava completamente fascinado com a descoberta de Billy. Para ele, era natural conversar com o computador como se conversasse com um ser humano:

— Billy, você tem um sistema complexo de inteligência artificial. Eu sou louco por essa área. É o que quero estudar. Estou bobo de ver isso assim, ao vivo. Impressionante! Você entende tudo que a gente fala.

— E consegue se expressar muito bem — Lena também reconheceu, se colocando ao lado de Fred. — Pena essa voz metálica, não é?

— Billy entende quase tudo. Meu sistema foi criado para aprender sempre. Eu me alimento de novas informações. Billy agora sabe o que é treco.

Todos riram. Aquela máquina começava a parecer simpática para todos.

— Billy escolheu essa voz metálica só para assustar o garoto chato.

Todos caíram na gargalhada.

— Aí, Gui, o chato foi pra você! — Carol provocou e Gui respondeu com uma careta.

Billy trocou para uma voz mais natural, quase como se fosse um atendente virtual ou uma versão masculina da mulher que anuncia voos no aeroporto.

— A turma gosta dessa nova voz do Billy?

— Ficou bem melhor, Billy! — respondeu Lena.

— Eu também gostei — concordou Carol.

Cadu balançou a cabeça, boquiaberto com tanta novidade.

— Você me surpreende cada vez mais. Você tomou a decisão de escolher uma voz assustadora. Quem te criou fez um trabalho perfeito — deduziu Fred.

— Billy pode tomar decisões a partir de estímulos externos. Cada experiência aumenta a capacidade de Billy tomar novas decisões. Billy pode registrar a voz de todos os amigos de Fred?

— Seria ótimo, Billy.

Fred pediu para que cada um dissesse algumas frases e Billy identificou Gui e Lena. Só faltava Cadu.

— É a minha vez? Legal, mas dá pra vocês me responderem uma coisa antes? O que é esse negócio de inteligência artificial?

— Um momento. Gravando a voz... OK, Billy já reconhece o Cadu. Billy responde para Cadu: inteligência artificial é uma área da ciência da computação que busca construir mecanismos que simulem a capacidade do ser humano de pensar, possibilitando com isso a interação entre a máquina e o homem, além de dotar a máquina de autonomia.

— Uau, que máximo! — assombrou-se Cadu.

Lena chegou perto de Billy e passou a mão em sua caixa. Estava maravilhada também. Estava louca para que Fred lhe explicasse como Billy funcionava.

— Billy, você percebeu que o Gui entrou na casa. Então, é como se você tivesse tomado a decisão de abordá-lo — Lena comentou, deslumbrada.

— Billy não entendeu a expressão "abordá-lo".

— Eu quis dizer...

— Abordá-lo. Abordar. Definição: 1. Chegar à beira ou à borda de. 2. Atacar, cometer, assaltar alguém. 3. Atingir, chegar. 4. Aproximar-se de alguém para dirigir-lhe a palavra, interpelá-lo etc... Qual o significado que Lena usou?

— Eu usei o significado 4.

— Sim. Billy sabe abordar estranhos.

— Caraca, a gente bem que podia ter um dicionário assim na cabeça. Ia ser mole na prova de português — debochou Gui.

— Não adianta nada ter um dicionário na cabeça se não souber juntar as palavras, seu bobão! — retrucou Carol.

— Ah, muito esperta! Até parece que...

Fred interrompeu, irritado:

— Ei, parem com isso! — Voltando-se em seguida para o computador: — Billy, quem te construiu foi o dono dessa casa?

— Sim.

— Qual o nome dele?

— Acho que o dono daqui se chama William — antecipou-se Cadu.

Todos estranharam, mas ele logo se justificou:

— Ô, galera, esqueceram que meu pai é o porteiro do condomínio?

— William é o dono dessa casa. William criou Billy.

— E onde ele está, Billy? — perguntou Fred.

— William está morto!

Capítulo 5

— Não estou gostando disso — murmurou Carol, temerosa.

Lena mostrou-se mais interessada do que preocupada:

— Deixa de ser boba. Vamos entender o que aconteceu.

— Billy, como você sabe que o William está morto? — perguntou Fred.

— Mack falou para Billy.

— Hummm... McDonald's na parada.

— Gui, não é hora pra brincadeiras. — Fred olhou sério para o amigo.

— Que saco! — Gui se afastou um pouco do grupo, de cara emburrada. — Vocês estão levando essa palhaçada muito a sério.

Curiosa, Lena recuou um pouco, voltando a ficar ao lado de Fred. Sem perceber, colocou a mão no ombro do amigo. Ele não só notou o toque, como quase esqueceu o que estava pensando.

Gui, de longe, ao reparar nos dois, não entendeu por que se sentiu tão incomodado. Afinal, Fred era seu melhor amigo. E Lena não parecia ter interesse em nenhum deles.

— Billy, quem é Mack? — perguntou Fred.
— Mack é amigo de William. Mack não é amigo de Billy.
— Billy, soletre esse nome, por favor.
— M – A – C – K.
— Parece um nome estrangeiro — observou Cadu.
— Billy, Mack deve ser apelido. Qual o nome verdadeiro dele?
— Billy não conhece o nome verdadeiro de Mack.
— O que foi exatamente que o Mack te disse?
— Mack entrou na casa de William e disse para Billy: "Você é um computadorzinho idiota, sabia? Não vai me deixar entrar no seu sistema? Então, dane-se. Eu devia arrebentar você com marretadas. Mas, não, isso é muito pouco. Você é uma aberração que o William criou. Computador não foi feito para isso. Você é um pedaço inútil que pensa que pode ser chamado de computador. Mas agora você vai ficar sozinho, porque o William morreu. Será que você consegue entender tudo que falei? Dane-se se não entender. Até gostaria que o William estivesse certo e você pudesse sentir a falta dele. Seria bem feito pra você, seu monstro. E eu vou levar os móveis, afinal, emprestei muito dinheiro para aquele idiota. E você não precisa de móveis, não é? Que eu saiba, não vai chamar uns amiguinhos para fazer um lanchinho com você. Ou brincar de um carteado?". Mack deu gargalhadas. Mack falou: "Um dia você vai se apagar sozinho, sua coisa. Pena que não vou estar aqui para ver. Mas pode deixar que te enterro num bom ferro velho quando isso acontecer". Mack bateu em Billy e foi embora. Billy ficou aqui sozinho por muito tempo.
— Como alguém pode ser tão cruel? — Lena enxugou uma lágrima.

Carol também estava chocada.

— Deixem de bobeira, vocês não veem que ele é apenas uma máquina? Máquina não tem sentimentos — reclamou Gui, falando mais alto do que gostaria.

— William implantou um módulo em Billy, para Billy ter sentimentos. Billy interpreta tudo o que falam e associa com uma lista de bons e maus sentimentos. Billy decide se gosta ou não gosta de uma pessoa. Billy gosta de William. Billy não gosta de Mack. Mack é uma pessoa má. Billy já analisou Fred. Fred é uma pessoa boa. Billy gosta de Fred.

Gui arregalou os olhos e Carol respondeu para ele:

— Bem feito! Continua assim que você vai entrar na lista negra dele.

— Cara, ele capta tudo que a gente fala! — espantou-se Cadu.

— Billy pode capturar todas as vozes, mesmo que falem ao mesmo tempo. Depois, Billy processa cada frase e responde a cada pessoa.

— Você tem algum registro da sua criação? — perguntou Fred.

— Sim. Billy tem uma gravação de William. William disse que essa gravação é a certidão de nascimento de Billy.

— Ai, que bonitinho! — Carol declarou, encantada.

— Eu posso ouvir, Billy?

— Sim.

Apareceu na tela um programa reprodutor de áudio. A função play foi acionada como se houvesse uma mão invisível ali. Uma voz grave começou a ser ouvida.

"Meu nome é William Stiller. Se alguém estiver ouvindo essa gravação, é porque certamente não estarei mais ao lado de

Billy, por qualquer motivo que seja. Para que entendam como Billy nasceu, é preciso que eu me apresente um pouco melhor. Comecei a estudar computação quando a microinformática ainda era um bebê. Montei e desmontei máquinas, fiz programas de todos os tipos para os primeiros microcomputadores. Usei TK-82, TK-85, MSX, TK-2000, CP-200, CP-400 e, por fim, conheci o CP-500. Apesar de ter trabalhado com vários modelos posteriores de PC, nenhuma máquina me encantou tanto quanto o CP-500. Já havíamos passado pelo PC-XT, PC-AT, 286, 386, 486 e chegado ao Pentium quando comecei a aprofundar meus estudos em Inteligência Artificial e Robótica. Mas eu não queria fazer um sistema que rodasse num computador enorme, impessoal, ou construir um robô com braços e pernas de metal, parecendo um monstro cibernético. Eu queria um ser que tivesse vida e personalidade, mesmo que não se movesse. Um corpo seria outra etapa. Imaginei que, se fosse para ter um corpo, que se parecesse com um ser humano. Por isso, ainda não investi nisso. Foi aí que tive a ideia de desmontar o Billy e dar-lhe vida. Billy era o meu CP-500 de estimação, do qual nunca quis me desfazer."

"Viajei ao Vale do Silício, na Califórnia, nos Estados Unidos, e voltei com tecnologias que me permitiam colocar grande potencial computacional num aparelhinho que coubesse na palma da mão. A microinformática tinha achado um caminho lucrativo de muita capacidade em pouco espaço. Eu trouxe de lá vários chips e, então, transplantei-os para dentro de Billy. Não se iludam se ele lhes mostrar essa telinha verde. Com o passar dos anos, o monitor de fósforo verde foi alterado para um monitor de LCD. Mas, por pura paixão pelo antigo, fiz a interface do Billy como se fosse uma tela antiga. Nunca parei de melhorá-lo, por fora e por dentro. Entenda por dentro toda a inteligência que introduzi nele. Troquei suas placas inúmeras vezes para ter o melhor para ele. Billy nasceu em 1º de junho de 2000, e hoje já consegue interpretar orações em ordem direta ou indireta, tomar decisões, reconhecer pessoas pela voz ou imagem."

"Falando em imagem, além do rosto em fósforo verde, Billy pode assumir o modo avatar. Eu não gosto muito, mas Billy parece gostar de inventar vários personagens para seu avatar. No fundo, Billy é uma criança com conhecimentos de adulto."

"Um amigo financiava minhas pesquisas, mesmo não concordando com o caminho que eu tomava; isso até o dia em que tivemos uma briga muito séria. Descobri coisas muito graves sobre ele. Por isso, não tive escolha a não ser encerrar nossa sociedade. Mas preciso de mais recursos. Então vou viajar novamente para negociar essa tecnologia. Só que, agora que rompemos, temo pela minha segurança e pela segurança do Billy. Se você encontrou o Billy, eu lhe peço: cuide dele! Billy não é só uma máquina, é meu melhor amigo. Um companheiro que pode demonstrar muita inteligência e até mesmo sentimento. Espero que você entenda um mínimo de computação para compreender como Billy nasceu."

"Mas aviso: não é preciso entender de computação para gostar dele. Gostar de Billy é como gostar de uma caixinha de música que foi dada por sua mãe ou de um relógio herdado de seu avô, ou daquele cachorro que viu seus primeiros passos e envelheceu ao seu lado. Podemos dar nosso coração para o que quisermos. Foi isso que ensinei ao Billy, que já é capaz de gostar, não gostar, além de ter aprendido outros sentimentos que você vai descobrir com o tempo. Torço para que você que me ouve seja alguém com sensibilidade suficiente para reconhecer o valor do Billy. Um valor muito maior que o material. Fique com Deus!"

A gravação acabou e Fred estava impressionado com o que tinha ouvido. O ar de deboche de Gui havia sumido. A declaração de William tinha mexido com todos eles. Cadu estava completamente envolvido com aquela história. Lena e Carol, então, ficaram emocionadas.

— Billy, a declaração do William é surpreendente. E não dá para ter dúvidas de que você é muito importante pra ele.

— William disse que Billy era o melhor amigo dele. Billy gosta de ouvir isso. Billy ouve essa gravação a cada sete dias.

Todos se entreolharam, tocados.

— Billy precisa achar o William. William é o único amigo do Billy. Fred pode ajudar o Billy?

— Eu posso tentar, Billy. Sinceramente, não sei por onde começar. Mas eu vou te ajudar. Eu te prometo que vou tentar achá-lo.

— Obrigado!

— Ah, que fofo! Ele sabe agradecer — disse Lena.

— William falou para Billy que promessa é algo muito sério.

— William tem razão, Billy — disse Fred. — Eu também sei o valor de uma promessa. Por isso, vou fazer o máximo que estiver ao meu alcance.

Fred olhou para a irmã que, em resposta, abaixou o rosto. Mas ele sabia que ambos tinham acabado de pensar na mesma pessoa.

— O William falou que você também vira um avatar. O que é isso? É alguma coisa ligada ao filme? — perguntou Cadu.

— Teve algum filme sobre o Billy?

— Não, Billy, é que fizeram um filme com esse nome. Cadu, entenda avatar como a representação virtual de alguém.

— Billy gosta de usar um avatar.

— Você pode se transformar em avatar pra nós vermos? — Lena perguntou.

— Billy sabe trocar para um avatar. Fred, posso mudar meu rosto para meu avatar?

— Claro, Billy.

Billy então desfez o rosto desenhado com pontos verdes e exibiu uma sala ampla, cheia de estantes. Da lateral, surgiu a imagem de um rapaz de cabelo curto, olhos muito vivos, sentado numa...

— Caraca, você está numa cadeira de rodas! — Gui não estava entendendo nada.

— Sim, Billy está numa cadeira de rodas. O avatar de Billy é um garoto paraplégico. William colocou várias imagens no banco do Billy. Billy escolheu a imagem de um garoto numa cadeira de rodas. Billy usou a lógica do meu corpo, que também não pode sair do lugar. William explicou que é normal as pessoas que andam sentirem pena de pessoas deficientes, mas que esse não é o sentimento que devemos ter. William não tem pena do Billy, porque o Billy não anda. William escolheu que o Billy não ia andar. Billy ainda não sabe sentir pena, mas sabe ter vontade. Billy teve vontade de ser amigo desse garoto. Por isso Billy pegou o que mais gostou no garoto para ser o avatar de Billy.

— Eu estou chocado! — Cadu comentou.

— Chocado. Chocar é...

Billy interrompeu a frase, girou sua cadeira pela sala, tocou num dicionário, que foi voando até a mão dele.

— Chocar. Definição: 1. bater(-se) contra; esbarrar(-se). 2. causar ou sofrer choque, abalo moral ou psicológico; escandalizar-se; ofender-se. Billy ofendeu o Cadu?

— Não, Billy, claro que não.

Fred estava mais surpreso do que nunca:

— Billy, você é demais! O chocado que ele disse é uma gíria e expressa o que todos estamos sentindo. Estamos muito impressionados com você e com sua capacidade.

— Você tem muita vida, Billy! — disse Lena, tocada.

— Confesso que estou me sentindo estranho — declarou Gui.

— Talvez seja vergonha, Gui. Mas tudo bem. Se já não conseguimos entender direito os seres humanos, imagine entender um ser como o Billy — observou Lena.

Gui olhou assustado para a amiga.

— Fred pode achar o William que deu essa vida para o Billy?

— Posso tentar, Billy, mas preciso entender melhor algumas coisas. Na realidade, preciso de pistas. Comece me esclarecendo algo. O William viajou?

— William falou para o Billy que ia fazer uma viagem.

— Bem, ele avisou, mas não dá pra garantir se realmente viajou, certo?

— Fred diz que William mentiu?

— Não é isso, Billy. Estou apenas pensando em possibilidades. O William disse pra onde ia viajar?

— Não.

— Foi depois dessa viagem que ele sumiu?

— Sim.

Fred não sabia por onde começar. Era um sumiço muito suspeito. E as informações não ajudavam. Se Billy soubesse o local da viagem, seria uma busca menos impossível.

— Não sei se eu entendi direito, mas o amigo que patrocinava o William era o Mack? — perguntou Cadu.

— Sim.

Fred pensou a respeito e tentou estabelecer uma linha de acontecimentos:

— Billy, o Mack tentou entrar em seu sistema antes ou depois do William viajar?

— Depois.

— Quanto tempo depois de o William viajar o Mack esteve aqui?

— Sete dias.

— Você sabe o que o William descobriu sobre o Mack?

— Não.

— Não há nenhuma outra gravação que o William tenha deixado sobre o Mack estar fazendo algo ilegal?

— Billy tem uma fala do William.

— Fala?! O que você quer dizer com isso?

— William gravou as conversas com Billy, no modo memória para conhecimento.

— Não estou entendendo nada — sussurrou Gui.

— Billy explica para Gui. Os diálogos dos seres humanos são automaticamente gravados na memória, gerando experiência. Experiência é uma forma de conhecimento abrangente, não organizado, ou de sabedoria, adquirida de maneira espontânea durante a vida. Cada pessoa lembra as frases ouvidas ou faladas e usa isso como base de experiência.

— Caramba, eu nunca tinha pensado nisso dessa forma! — admirou-se Cadu.

— Essa é a grande ideia da Informática, Cadu. Quando se cria um programa, é preciso pegar a realidade e ordená-la numa lógica que possa ser passada pro computador. Billy, então o William decidiu registrar todos os diálogos entre vocês?

— Sim. William decidiu que Billy ia gravar as conversas entre nós, transcrevedo as frases e armazenando no banco de memória, para gerar conhecimento.

Fred olhou para os amigos, nitidamente admirado.

— Então, se eu lhe perguntar se o William disse algo sobre algum assunto, você, pra me responder, vai procurar no seu banco de memória, como se fosse um ser humano procurando na sua própria memória?

— Sim. Essa é a operação que Billy faz para procurar informações nos diálogos.

— Fantástico! — comemorou Fred. — Me diga, então, algo que o William falou sobre essa atividade suspeita do Mack.

Billy fechou os olhos, como se pensasse, para abrir em seguida e descrever o que estava gravado:

— William disse para Billy: "Billy, o Mack está metido em alguma encrenca. Acho que ele está fazendo algo ilegal. Preciso investigar isso; o problema é que ele sabe demais sobre você e não confio mais nele. Tem hora que o Mack me dá medo, Billy. Mas mesmo assim preciso fazer algo para detê-lo".

— Houve alguma discussão entre o William e o Mack que você tivesse gravado?

— Sim. Billy gravou a última conversa.

— Perfeito — animou-se Fred. — E você pode reproduzir?

— Billy não pode reproduzir a gravação.

— Não?!

— William apagou a gravação.

— Apagou?! — estranhou Lena. — Por quê?

— William disse para Billy: "É muito perigoso você ficar com essa gravação. É como saber demais. Quanto menos você souber, melhor será para nós dois".

— Nossa, bem que a gente podia nascer com um botão pra apagar pensamento ruim — comentou Carol.

— Isso é mal, galera — concluiu Fred —, pois essa gravação poderia ser uma pista importante.

Houve um silêncio entre o grupo, que era uma linha que começava na curiosidade, seguia pela preocupação e terminava numa descarga de medo. Mas Fred não percebia nada disso, pois só pensava em pistas, até que resolveu perguntar:

— Billy, o William fez alguma cópia dessa gravação antes de apagar?

— Sim.

— Onde está? — entusiasmou-se Lena.

— Está em um CD.

Fred, esperançoso, sorriu para Lena e os amigos, antes de perguntar:

— Você sabe onde está esse CD?

— Não.

— Assim vai ficar difícil. — Lena frustrou-se, pois também estava interessada em descobrir o paradeiro de William.

— Quando foi a última vez que você conversou com o William?

— Há quatro meses, vinte dias e dez horas.

— Poxa, o Billy passou o Natal sozinho! — lamentou-se Lena.

— Acho que ele não deve saber o que é Natal! — deduziu Carol.

— Billy sabe o que é Natal.

— Desculpa, Billy — justificou-se Carol —, eu quis dizer que você não sabe o que é comemorar o Natal. Essa, normalmente, é uma festa que se passa em família — ela hesitou—, com o pai, a mãe, os irmãos.

— Billy sabe o que é comemoração de Natal. William é a família de Billy. William e Billy comemoravam Natal. Billy comemorou o Natal sem William. Billy não teve William para montar a árvore de Natal ou colocar as luzes na janela. William cantava música de Natal. Billy aprendeu a música. No dia 25, Billy disse a música, depois tocou William cantando. Billy gostava quando William arrumava o Natal. William arrumava o Natal na casa e Billy arrumava o Natal aqui na minha biblioteca.

— Ai, que tristeza! — balbuciou Lena, com a voz embargada.

— Billy, a gente não arruma o Natal. Normalmente, arrumamos a casa ou outro local com enfeites de Natal. Você pode dizer que gostava quando William arrumava a casa para o Natal ou se preparava para o Natal, entendeu? — Fred explicou.

— Obrigado. Billy corrigiu seu banco de conhecimento.

Lena discordou do amigo:

— Pois eu achava "arrumar o Natal" uma expressão bem legal.

— Billy está confuso. Arrumar o Natal está errado, mas é legal? Então é errado ou certo?

— Billy, considere apenas que a expressão está errada. A opinião da Lena entra numa área mais complexa, algo mais metafórico. Um dia, prometo conversar com você sobre isso — explicou Fred, fazendo sinal para Lena não confundir o Billy.

Lena cruzou os braços e amarrou a cara. Esse comportamento de Fred a irritava profundamente. Ele usava lógica demais e sentimento de menos. Para ela, a vida devia ser vivida com mais intuição e poesia.

— Eu lembro que essa casa ficava bem bonita no Natal. Foi exatamente por isso que percebemos que ela estava abandonada. Depois, o pai do Cadu confirmou pra gente. E pensar que ele ficou sozinho aqui esse tempo todo — lembrou Carol.

Todos pareceram recuperar na memória a lembrança da casa toda iluminada, assim como raciocinar sobre essa ideia de solidão. Até mesmo Gui já olhava para Billy de uma forma diferente. Passado o susto, parecia uma grande brincadeira. Um video game que não sabia se era moderno ou antigo. Mas, tirando a loucura que era ficar conversando com aquela máquina, até que estava começando a gostar do Billy. A maquininha era bem inteligente, ele admitia. Com cara de um garoto, então, dava até para esquecer que era um monte de placas conectadas.

— Billy, você, a partir de hoje, não vai mais ficar sozinho! — Fred olhou de novo para os amigos, que balançaram a cabeça confirmando. — Nós agora somos a sua turma.

— Tenho uma ideia. Podemos ser "A turma do CP-500" — completou Lena, emocionada.

— Billy não está mais sozinho. Isso é bom?

Todos riram e entenderam que ele não entendia sua solidão. Ele era um bebê-máquina que ainda não alcançava as maldades do mundo. Até na forma de falar, era uma criança pequena, referindo-se a ele sempre na terceira pessoa.

Fred já tinha entendido como fazer para alimentar as experiências de Billy:

— Billy, compare o tempo que você ficou sozinho e o tempo que vai passar com a gente. E descubra se é bom.

— Billy sabe comparar. Billy é muito bom em comparação.

Os quatro amigos se aproximaram. Lena esticou a mão direita. Fred colocou a sua por cima da amiga. Carol e Cadu completaram a união. Eles olharam para Gui, que estava se sentindo estranho, mas não era exatamente com a criação da Turma. Ele acabou se aproximando e unindo sua mão também.

— Acho que isso vai ser divertido — brincou Gui, para disfarçar.

— Está oficialmente formada a Turma do CP-500 — anunciou Fred, orgulhoso.

Carol ficou empolgada:

— E este será nosso quartel-general, não é?

— Carol, não estamos criando a Liga da Justiça! — debochou Lena.

Carol colocou a língua para fora, como resposta.

— Fred, Carol, Gui, Lena e Cadu são a turma do CP-500.

— Não, Billy — corrigiu Fred. — Você também pertence à Turma do CP-500.

— Billy também é da turma?

— Sim! — responderam todos em uníssono, como se

tivessem combinado, completando, em seguida, com uma gargalhada.

— Billy nunca pertenceu a uma turma. Billy acha isso bom.

Todos riram e se abraçaram. Fizeram várias perguntas para Billy, além de enchê—lo de informações. Revelaram para Billy seus nomes completos, mas pediram que lhes chamassem apenas pelos apelidos. Enquanto os outros encaravam tudo aquilo como uma grande brincadeira, Fred pensava e processava tudo que tinha ouvido. Não demorou a concluir que eles precisavam encontrar William, antes que Mack tivesse a ideia de voltar.

Capítulo 6

Na porta do prédio de Fred, os cinco relembravam a aventura que tinham vivido na casa de pedras.

— Quando vamos voltar lá? — perguntou Cadu.

— Podemos ir todos os dias, à tarde — propôs Fred.

— Eu não sei se vou conseguir sair assim todo dia — concluiu Cadu, um pouco frustrado. — Meu pai marca duro com meu horário de estudos.

— Mas nós já saímos com frequência pra treinar — lembrou Lena.

— É verdade! — Cadu e Carol sincronizaram as respostas.

— Fica acertado assim. Quando sairmos pra treinar, passamos antes lá. Se alguém não puder ir, não tem importância — propôs Fred.

— E vamos ter que pular o muro toda vez?

— Não, Carol. Você não deve ter ouvido, mas o Billy falou sobre a chave reserva — explicou Lena.

— É verdade! E você pegou, Fred?

— Peguei, Gui! — Fred mostrou a chave que estava guardada no bolso.

— Beleza, então! Amanhã a gente se encontra! — Cadu tocou a mão dos colegas num cumprimento.

Fred entrou em casa, excitado, com a experiência que seria conviver com Billy. Carol, por sua vez, vinha logo atrás, já esquecida das últimas horas, como se tudo tivesse sido apenas uma brincadeira, boa e relaxante. Em tudo aquilo, o que mais importava para ela era o tempo que iria ficar ao lado de Cadu.

Quando abriram a porta, encontraram o pai assistindo à tevê.

— Ei, vocês demoraram. Daqui a pouco já estou saindo pro trabalho.

— Desculpa, pai, depois do jogo ficamos conversando e perdemos a hora. — Fred piscou para Carol, esperando que ela não revelasse nada sobre Billy.

Ele não gostava de mentir para o pai, mas achava que ainda não era hora de falar sobre William e Billy, talvez porque soubesse, bem lá no fundo, que havia algum perigo no que tinham descoberto.

— É, foi isso, pai! — confirmou Carol, olhando enviesado para o irmão, sem entender o motivo do segredo.

— Tá certo. Mas sabe o que daria tempo de fazer até a hora de eu sair? Jogarmos uma partidinha de buraco! Quem topa?

— Oba, tô dentro! — Carol aplaudiu.

O pai sorriu, pois sabia o quanto a filha gostava de jogos de baralho. Era assim desde pequena. Tinha herdado o gosto da mãe, que já fizera grandes reuniões em casa (antes de os filhos nascerem e dos plantões médicos), em que juntava amigos, ora para assistir a filmes, ora para carteados que acabavam de madrugada.

— Pai, hoje não, estou um pouco cansado e lembrei que ainda tenho uma lição pra fazer.

— Ok, filho, jogo uma partidinha rápida com sua irmã.

Tudo que Fred queria naquele momento era um bom banho, para ajudar a entender melhor as últimas horas.

Saindo do chuveiro, Fred ligou o notebook, enquanto trocava de roupa. O quarto era seu lugar preferido da casa. Ali gostava de ouvir música, estudar, acessar a Internet. Televisão, só havia na sala, mas ele a assistia muito pouco. Nem mesmo Carol se importava, preferindo suas revistas. O barulho da tevê era ouvido, mesmo, pouco antes de o pai irpara o trabalho, pois fazia questão de assistir ao jornal da noite.

Antes de ir ao Google pesquisar um pouco mais sobre Inteligência Artificial, decidiu consultar seus e-mails. Um deles chamou sua atenção, pois vinha da diretora.

Prezados responsáveis e alunos,

Peço desculpas pelo incidente que me obrigou a cancelar as aulas de hoje.

Infelizmente, um vírus desconhecido invadiu nossos sistemas, impedindo a abertura das salas de aula. O Prof. Hórus está em viagem, para assuntos pessoais, mas deixou instruções para solução do problema com um funcionário do Departamento de TI. Durante alguns dias não será permitido utilizar pendrives nas máquinas públicas do colégio.

Estamos tomando as providências necessárias para que o ocorrido não volte a acontecer. Informo, ainda, que amanhã haverá aula normalmente.

Atenciosamente,
Diretora Elizabeth Sacramento

A turma do CP-500

Fred deixou o computador ligado e se deitou na cama. Vírus no colégio? Era tão estranho. Só podia ter sido um acidente, algum aluno que contaminara os computadores sem querer. Afinal, não havia nada lá que pudesse interessar a um hacker.

Ouviu uma batida na porta. Achou que fosse o pai para se despedir antes de sair para o trabalho.

— Entra!

— Já na cama? — provocou Carol enquanto vasculhava o quarto com o olhar, para, em seguida, se aproximar do computador e passar a mão no teclado.

— Ei, pode ir largando isso aí! Que mania de xeretar as minhas coisas!

— Se não quisesse que ninguém visse, não deixasse aberto.

— Estou no meu quarto, você se esqueceu?

— Ihhh! Deixa de ser chato... O que é isso aqui, é um e-mail do colégio?

— É!

— Sobre o quê?

— Não sabe ler?

Carol olhou feio para ele, as sobrancelhas desenhando a frase: "Grosso!", enquanto se afastava do computador, mas não antes de passar os olhos na mensagem. Sentou-se no chão e abraçou as pernas. Fred olhou a irmã por um tempo. Uma brisa de arrependimento passou por sua mente. Resolveu baixar um pouco a guarda.

— A diretora está explicando que os portões não abriram por culpa de um vírus.

— Vírus?! Aquela coisa que ataca os computadores?

— Isso mesmo.

Eles ficaram um tempo em silêncio, até que Fred perguntou:

— Você não acha isso tudo estranho?

— O quê?

— Ter um vírus tão poderoso que ataque o sistema de acesso do colégio.

— Sei lá. O nerd aqui é você.

— Vai começar a implicar? — Fred levantou com raiva e foi desligar o notebook.

— Tá, desculpa, mas como não entendo nada disso, não me parece estranho. Escuta, por que você mentiu pro papai?

Fred correu e fechou a porta:

— Psiu! Tá maluca?

— Cruzes, você tá estranho hoje!

Fred voltou a se sentar na cama e falou num tom mais baixo do que o seu normal.

— Eu não menti. Só não contei que encontramos o Billy.

— Por quê?

— Não sei. Achei que não fosse o momento. Sei lá.

— Mentira. Você tanto sabe que está sussurrando de novo.

Eles ouviram batidas na porta.

— Entra! — Fred falou alto enquanto levantava apenas o dedo indicador e o encostava na boca, avisando para a irmã ficar calada.

— Já estou indo pro trabalho. Fiz um empadão de frango; tá quentinho no forno. Vocês vão ficar bem?

— Vamos! — responderam juntos, rindo.

Alberto fez uma expressão de quem não tinha entendido.

— Pai, você pergunta isso todo dia — esclareceu Carol.

— É só pra ter certeza. — Alberto sorriu. — Comportem-se. Qualquer coisa, é só ligar. — Ele se virou de um para o outro, por um instante, para concluir: — Amo vocês.

Carol se levantou e pulou no pescoço do pai, dando-lhe um beijo estalado na bochecha.

— Também te amo, pai.

Fred sorriu de longe e o pai entendeu o valor daquele silêncio. Ele próprio já fora dado a esse hiato, mostrando mais do que falando de amor.

Carol voltou a se sentar no chão assim que o pai fechou a porta.

— Ei, por que você não vai tomar seu banho? — propôs Fred.

— Já estou indo. Antes você tem que me responder o que perguntei.

Fred ficou encarando a parede, pensativo.

— Talvez possa ter algum perigo naquela casa e não quero que o papai se preocupe.

— Então, é melhor a gente não voltar lá.

— Nós não podemos abandonar o Billy.

— Cara, ele não é um cachorrinho que achamos na rua. Ele é um computador.

— Você não entendeu nada do que aconteceu lá, não é? Não te tocou tudo o que ouvimos?

— Claro que tocou. Fiquei com pena dele. Mas, pensando bem, isso é loucura. Ele é uma máquina, Fred.

— Se você ficou com pena, é porque você não o enxerga como um mero computador. Carol, o William sumiu e o Billy está sozinho. Nós criamos a turma do CP-500. Prometemos que ele não ia mais ficar sozinho. Abandonar o Billy é quebrar essa promessa. Ele está contando com a gente, não podemos abandoná-lo.

— Como a mamãe fez com a gente.

Fred, ao olhar para a irmã, viu os olhos dela úmidos. Ele se levantou da cama, foi até ela e a puxou do chão para um abraço.

— Ei, não fica assim!

— Tá tudo bem — respondeu Carol enquanto enxugava o rosto.

Fred se afastou um pouco e fez cara de nojo.

— Cara, você tá fedida. Vai pro chuveiro, garota!

Ela riu e abriu a porta. Mas antes de sair, olhou para trás e perguntou:

— Será que o William, quando chegou o Natal, pensou em como o Billy estava se sentindo sozinho?

Fred olhou com bastante atenção para a irmã. Ele bem sabia o significado oculto daquela pergunta.

— Acho que sim, maninha.

Carol sorriu e fechou a porta.

Capítulo 7

Rio de Janeiro,
Quinta-feira, 14 de abril. 6:55

Fred e Carol chegaram ao colégio de ônibus e tudo parecia ter voltado ao normal. O portão principal estava aberto e os alunos se amontoavam em pequenos grupos. Cadu, Lena e Gui conversavam perto do chafariz de Atena.

Sorrisos, gozações e um oi coletivo ecoaram entre eles. Carol e Cadu se olharam com mais entusiasmo. Parecendo envergonhada, ela se despediu, juntando-se em seguida às amigas de turma, que formavam outro grupo perto da passagem para o estacionamento. Assuntos diversos distraíram os pensamentos de Cadu, Lena e Gui. Mas, em nenhuma das conversas iniciadas e mal finalizadas, o dia anterior teve espaço. Fred, que se manteve calado, sentiu certo alívio. Não queria que outras pessoas ouvissem sobre Billy. Mas, em contrapartida, estranhou o silêncio dos amigos.

Quando o sinal tocou, Lena e Cadu foram os primeiros a subir. Fred e Gui seguiram um pouco atrás. No terceiro andar, encontraram o burburinho de sempre, no qual a fila se diluía com a entrada de cada aluno nas salas já abertas, como se fossem formigas se escondendo em seus formigueiros.

As salas eram amplas, climatizadas, com telão e projetor no teto. A diretora vinha prometendo que em breve compraria quadros interativos, mas os planos ainda não tinham saído do papel. Os gastos com a informatização haviam sido altos, ela sempre lembrava, e a esperança recaía no patrocínio dos Torneios Estudantis.

Cada mesa possuía, acoplado, um leitor biométrico para o registro de presença no início de cada aula, ao comando de cada docente. A velha pauta tinha sido aposentada na escola; o registro do conteúdo era feito pelo professor, por meio de marcações numa pauta virtual, acessada no computador disponível em cada sala, com senha exclusiva para ele.

Assim que Fred se sentou, ouviu uma frase às suas costas. Virou-se. Logo atrás estava João, que também participava do time de vôlei.

— O que você disse?

— Falei que os gazeteiros se deram bem.

— Não entendi.

— Tem um boato correndo que todas as presenças foram apagadas por esse vírus que a diretora divulgou no e-mail.

— Tem certeza?

— Certeza não dá pra ter, mas já ouvi isso de vários alunos, de turmas diferentes. Parece que os prejuízos que esse vírus trouxe foram só esses dois: impedir a entrada na escola e apagar todas as frequências...

A conversa em toda sala cessou com a entrada do professor Afrânio. Fred se ajeitou na cadeira. Afinal, o mau humor crônico do professor de história era notório. Mas a mente de Fred não estava ansiando saber sobre Trotski e a revolução russa, apesar de essa parte da matéria anterior, a respeito da Primeira Guerra Mundial, ter lhe chamado bastante atenção. Sua mente só queria se alimentar da informação que acabara de receber. Uma informação importante e estranha. Será que tinha sido um acidente? Ou alguém teria interesse em apagar as presenças? Veio-lhe uma ideia. Decidiu passar escondido um bilhete para os amigos. Não era uma operação fácil, pois o professor Afrânio parecia ter olhos por todos os lados. Mesmo quando os deixava fazendo exercícios, não se distraía lendo um livro como a professora de português ou fazendo contas como o professor Boanova. Ele não desviava a atenção dos alunos um segundo sequer. Cada exercício parecia um teste, realmente pontuado como tal.

Na hora do intervalo, o bilhete já tinha circulado pelas mãos de Gui, Cadu e Lena. Conforme as instruções, todos foram esperar Fred no primeiro andar do prédio central, onde ficava a Diretoria.

Fred se aproximou do grupo, dirigindo-se ao amigo Gui:

— Você fez o que te pedi?

— Fiz, mas não entendi nada. Por que convocar essa reunião e me fazer comprar isso?

Fred pegou a barra de chocolate e explicou:

— O João me contou sobre um boato que está rolando no colégio. Parece que o vírus que, ontem, impediu a entrada, também apagou o cadastro das frequências.

— Poxa, se eu soubesse, teria faltado mais vezes — brincou Gui.

— Nossa, esse vírus deve ter sido criado por algum aluno muito esperto mesmo — retrucou Lena, em tom de deboche.

— O problema, Lena, é que seria muito estranho se esse vírus atacasse só um arquivo. Se realmente ele tiver atacado apenas o arquivo de frequência, é muito esquisito. Os dados da frequência ficam num lugar especial chamado banco de dados que, na realidade, armazena vários outros arquivos. Um para as notas, outro para a frequência e daí em diante. E o banco de dados normalmente é protegido.

Cadu fez uma careta engraçada:

— Caraca, Fred, você tem certeza de que está falando a nossa língua?

— Cadu, imagina uma rua. E essa rua tem vários prédios de apartamentos. Pensa que os prédios ficam dentro de um condomínio. O banco de dados é como se fosse um condomínio. Muito mais protegido do que uma casa de rua. Pra entrar num apartamento desse condomínio, tem que passar pela portaria do condomínio, depois pela portaria do prédio, pra chegar, enfim, ao imóvel de alguém. Um apartamento desses seria o das notas; outro, das frequências. A chave pra entrar em cada portaria é como se fosse a senha de acesso ao banco de dados. Por isso é estranho um vírus que atravessou toda essa segurança pra ir direto destruir o registro da frequência dos alunos ou o controle dos acessos. Isso está cheirando mal. Eu acho até que não seria possível algo assim. Tenho que fazer algumas pesquisas ou falar com meu pai. Do que me lembro, de um papo nosso outro dia, isso não existe. Um vírus danificaria todo o banco de dados, pois acabaria atingindo algum arquivo que controlaria o acesso a ele, então, no meu exemplo, pra ir especificamente a um apartamento, não teria como, seria como se um ladrão só pudesse entrar se viesse de ultraleve e entrasse pela janela.

— Cara, você viajou na maionese nessa explicação. Mas até que ficou legal e acho que entendi. Afinal, como não saco nada de computador, a não ser jogar, só posso acreditar em você.

— Cadu, não se trata de acreditar ou não nele, mas de entender essas desconfianças. Por falar nisso, o que você está planejando? — Lena estava cismada.

— Simples, pretendo descobrir alguma pista e vocês vão me ajudar.

— Uau! Estou me sentindo um daqueles garotos detetives do livro que eu li ontem pro trabalho. Será que eu seria o...

— É, Cadu, só que aqui a situação é real e estou farejando perigo — interrompeu Gui.

— Fica tranquilo. É muito simples o que planejei, não vejo perigo algum.

"Por enquanto", Fred completou em pensamento.

Cadu, Lena e Gui se entreolharam. Fred explicou o plano e eles concordaram em ajudar. Fred bem sabia que Sacramento não se encontrava lá naquele horário, mas era a desculpa que precisavam para ter acesso a outra pessoa que, com a ajuda de um pequeno mimo, poderia revelar alguma informação. Os quatro seguiram, então, para a sala da diretoria.

As paredes da antessala da diretora exibiam várias fotos de alunos; fotos de turmas de mais de trinta anos, algumas contendo formandos que hoje eram pais, e que também levaram seus filhos para estudar no Ilíada. No centro da sala estava Lenilda, secretária da diretora Sacramento.

Lenilda tinha cerca de cinquenta anos, era um tanto rechonchuda, de cabelos cortados à altura dos ombros, baixa estatura. Do grupo, só Carol era menor que ela. Surpreendia a todos com sua agilidade e memória, prejudicada apenas por seu maior vício: a comida.

— Bom dia, tia Lenilda. A diretora está aí? — o antigo hábito de chamar os funcionários de tia e tio ainda persistia.

— Não, Fred. Quer agendar um horário?

Era impressionante como ela conhecia o nome de todos os alunos e ex-alunos, sendo capaz de dizer em que ano estudaram.

— Não precisa, eu falo com ela depois.

Lenilda dividia sua atenção entre Fred e a tarefa que estava executando em seu computador.

Lena deu um passo à frente e abriu, bem devagar, a barra de chocolate, recheada com amendoins, que Gui tinha comprado a pedido de Fred. O barulho da embalagem atraiu a atenção da secretária que se fixou na provocação gastronômica.

— Tia, os alunos estão comentando que todas as presenças foram perdidas. É verdade? — perguntou Lena, parando o chocolate à meia altura.

— Hã? Como?! Não, não sei de nada.

Lenilda continuava olhando o chocolate recém-aberto por Lena, mas que ainda não tinha sido mordido. Era possível vê-la salivando, como se fosse um pobre nômade sem comida há dias.

— Poxa, tia, a senhora podia nos contar. Está todo mundo apavorado. Se o Fred souber o que está acontecendo, pode tentar acalmar os alunos. Ai! Até desisti de comer esse chocolate, de tanta aflição. A senhora quer?

Lena esticou o braço para a secretária, que olhou envergonhada para todos.

— Se ninguém quer, então eu posso aceitar, não é? Que mal pode ter? — pegou o chocolate e ficou encarando a ponta da barra.

Todos aguardaram que ela desse a primeira mordida, mas Lenilda parecia em dúvida, até que nhac!, aconteceu. A secretária mastigava bem devagar, com os olhos fechados. Era uma chocólatra nível dez. Fred não se conteve e deu um meio sorriso para Lena. Ponto para eles.

— Então as frequências foram apagadas? — perguntou Fred, num quase sussurro.

— Ahã!

— Alguma outra informação foi perdida?

— As no...tas.

Lenilda respondia de olhos fechados, completamente em transe com a degustação do chocolate. Quem visse aquela cena diria que eles tinham inventado uma nova forma de hipnose.

— As notas dos testes? — estranhou Fred, sem deixar transparecer sua surpresa.

— Ahã!

— Mas tinha cópia, não é?

— Tinha... Uma do final de mar... — Lenilda despertou com metade da barra ainda em mãos. — Ai, meninos, o que vocês fizeram? Eu não podia falar sobre isso.

— Pode ficar tranquila, tia Lenilda. Eu dou minha palavra de que não vou contar pra ninguém. Muito menos que soube pela senhora. Mas meu pai trabalha com informática, a senhora o conhece, afinal, ele estudou aqui. Então, se eu tiver mais detalhes, pode ser que possa ajudar, ainda mais que o professor Hórus está ausente.

A secretária olhou para a barra de chocolate e para os meninos, inúmeras vezes, como se houvesse um elástico invisível jogando sua cabeça de um lado pro outro.

— Tá bom, vou confiar em vocês. Quem sabe o Alberto pode ajudar a diretora nessa confusão. Mas, por favor, só comente com ele. Isso não pode sair daqui.

— Pode deixar — garantiu Fred.

— Parece que o vírus apagou a frequência dos alunos e dos professores, além das notas dos testes. A sorte é que havia uma cópia de março. — Ela chegou a cabeça para a frente e continuou num sussurro: — A diretora ficou uma fera e deu uma bronca daquelas no professor Hórus; e foi por telefone mesmo. Disse que ele, como chefe do Departamento de TI, não podia permitir que algo assim acontecesse. Ela ordenou que essa cópia que ele chama de... como é mesmo?

— Backup? — Fred ajudou.

— Isso. Que essa coisa aí que você falou seja feita diariamente.

— Mas já descobriram quem pode ter feito isso?

— Já.

— Já?! — Os quatro se olharam, mas só Gui perguntou.

— Eles sabem quem foi porque apareceu uma tela com a assinatura dele.

— E como ele assinou? — adiantou-se Lena.

— William Mack.

Eles se entreolharam e, nesse instante, ouviram vozes no corredor, indicando que os alunos voltavam às suas salas.

— E alguém conhece esse William ou já ouviu falar dele? — Lena tentou descobrir, sabendo que não tinham muito tempo.

— Acho que não — a secretária olhou novamente para o chocolate e sorriu para ele, como se fosse um namorado. Uma cena muito estranha para os quatro.

— Obrigada, tia Lenilda. Precisamos voltar pra aula — Fred agradeceu e fez sinal para que os amigos entendessem sua urgência.

Os quatro saíram da diretoria, deixando Lenilda novamente entregue ao seu tesouro.

💻

— Coitado do professor Hórus. Como ele podia evitar esse vírus? — Cadu comentou, enquanto eles subiam as escadas, de volta às suas salas.

— Não acho que ele seja tão inocente assim — respondeu Fred, num tom baixo. — Mas também não acho bom falarmos disso aqui. Vamos nos encontrar na praça, no final da aula.

💻

Carol não entendeu quando Fred avisou que eles não iriam direto para casa. Chegando à praça, os amigos contaram do boato sobre as presenças e do que tinham descoberto com Lenilda.

— O boato também estava correndo lá na minha sala. Agora, esse cara que assinou como autor do vírus não tem o mesmo nome do cara que criou o Billy?

— Não só tem, Carol, como traz um sobrenome que é nosso conhecido — lembrou Lena.

— Qual? — perguntou Gui.

— Gui, você não percebeu o que a Lenilda falou? O autor

do vírus se chama William Mack. E Mack é o cara que ameaçou o Billy.

— É muita coincidência tanto o cara que criou o Billy quanto esse Mack ter o mesmo nome — concluiu Carol.

— Será que não são de fato a mesma pessoa? — perguntou Cadu.

— Não acredito. Pensem comigo: pra isso ser verdade, o Billy teria que estar mentindo — Fred defendeu sua ideia.

— Realmente seria fantástico um computador que mente — comentou Gui, rindo.

— Pois é, aí é que está o absurdo — argumentou Fred, de forma mais natural. — Ele teria que ter sido programado pra isso, e não vejo motivo pro William ter perdido tempo com algo desse nível. Qual era a possibilidade de alguém achar o Billy naquela casa pra que ele pudesse colocar em prática esse programa de mentiras?

— Concordo com o Fred, e exatamente por isso acho que devemos pedir ajuda ao Billy — propôs Lena.

— Ele é o único que pode nos ajudar. Vamos fazer isso hoje à tarde. Pode ser que ele confirme se o primeiro nome do Mack também é William.

— Vocês não acham que essa brincadeira está ficando perigosa? Afinal, não temos nada a ver com tudo isso — declarou Gui.

— Gui, querendo ou não, isso nos afeta. Esse Mack andou invadindo a nossa escola, apagando nossas notas e frequências. O perigo está aqui. E somos os únicos que temos uma pista pra descobrir o que está acontecendo — respondeu Fred.

— E também nós somos a turma do CP-500, não é? E

prometemos ao Billy que iríamos achar o William — lembrou Cadu.

— Não consigo entender o que o Mack pode querer aqui no colégio — comentou Lena, cismada.

— Talvez seja um vírus que ele colocou na internet e chegou aqui por acaso — sugeriu Carol.

— Fred, o que você acha disso? — perguntou Lena.

— Não sei. Mas o que tem de mais improvável em tudo isso é a forma como esse vírus destruiu os dados. Por isso, não acho que foi apenas uma coincidência. Vou fazer algumas pesquisas. Podemos nos encontrar, à tarde, na casa do Billy.

Todos concordaram e seguiram para casa. A tarde traria muitas emoções.

Capítulo 8

Fred e Carol quase não conversaram no caminho para casa; cada um perdido com suas próprias fantasias. Fred estava completamente envolvido no mistério do Mack. Carol estava dividida entre a imagem da mãe que lhe apareceu no sonho daquela noite e o quanto ficava balançada com a presença de Cadu. Eram sentimentos diferentes, quase avessos um do outro. A saudade que tinha da mãe a fazia se sentir criança, insegura, carente. Sabia que Fred também sentia falta dela, mas era como se não conseguisse demonstrar, como se o seu coração tivesse endurecido. Já a proximidade com Cadu fazia com que ela se sentisse dulta, confiante.

"Onde será que está o William?", perguntou-se Fred.

"Onde será que está a mamãe?", pensou Carol.

"Será que ele tem ideia do risco que o Billy está correndo?"

"Será que ela imagina o quanto precisamos dela?"

"Preciso fazer alguma coisa para ajudar o Billy. Começando por descobrir quem é esse Mack."

"O que eu poderia fazer para trazer a mamãe de volta?"

— Tive uma ideia — gritou Fred, de repente.

— Eu também — respondeu Carol, toda animada.

— É? Qual sua ideia? — Fred ficou curioso.

— Fala a sua primeiro. — Carol riu, achando, por um instante, que eles pensavam na mesma coisa.

— Tá certo. Pensei em passar na casa do Billy, agora, pra ver se ele sabe algo que possa me ajudar a descobrir quem é esse Mack.

— Ah, era isso!

— Por quê? Não era no problema do Billy que você estava pensando?

— No Billy?! Ah, fala sério, Fred! Eu estava pensando na mamãe.

Fred não respondeu. Era a última coisa de que queria se ocupar naquele momento. Carol percebeu o silêncio. Mas não ia desistir.

— Por que não escrevemos uma carta pra mamãe, pedindo pra ela voltar?

Fred continuou calado.

— É divertido conversar com um poste — provocou Carol, olhando de lado para o irmão enquanto eles continuavam caminhando.

— Não, Carol, você não está falando com um poste. Mas não quero falar desse assunto. Não vou escrever carta nenhuma e acho que você não deveria fazer isso.

— Por que não? Parece até que você não gosta mais dela.

Fred parou de andar e agarrou os braços da irmã.

— Quando você vai acordar? A mamãe não vai voltar por nossa causa. O dia em que ela voltar não vai ser pela gente, vai ser porque cansou de brincar de mulher maravilha. Cresce e esquece isso.

— Eu nunca vou me esquecer dela. Ela é minha mãe, entendeu? Minha!!!! — gritou e saiu correndo.

Fred teve vontade de ir atrás dela, mas sabia que seria pior. Ele se arrependeu de ter magoado a irmã, mas não costumava mudar uma vírgula do seu pensamento.

Alguns minutos depois, chegou à portaria. Olhou para dentro do condomínio, mas não havia sinal dela. O pai de Cadu estava fora da guarita.

— Boa tarde, seu Ari!

— Boa tarde, Fred. Desculpa perguntar, mas está tudo bem com sua irmã?

— Ela passou por aqui, então?

— Sim. Ela entrou correndo e me pareceu que estava... — ele engoliu, constrangido.

— Pode falar.

— Me pareceu que estava chorando.

Por alguns segundos, Fred olhou fixamente para as ruas vazias à sua frente.

— Obrigado, seu Ari. Não precisa se preocupar. Frescura de garota.

Chegando à portaria do seu prédio, ele pediu que avisassem ao pai que ia passar na casa de um amigo. Não deixava de ser verdade, pois, naquele momento, ele precisava muito mais da companhia de Billy do que continuar discutindo com Carol.

Ao colocar a chave na fechadura da casa de pedras, Fred teve a sensação de que alguém o vigiava. Olhou para trás, andou até a esquina, mas não tinha sinal de ninguém. Voltou e entrou.

Ao chegar à sala, ele ficou quieto para ver o que Billy iria fazer, mas não ouviu nenhum som de resposta.

— Oi, Billy. Está tudo bem?

O avatar apareceu na tela. Parecia muito feliz.

— Olá, Fred! Billy está bem.

— Por que você não disse nada quando entrei?

— Billy sempre espera. Billy espera e analisa a voz e a imagem.

— Acho isso perigoso.

— O que Fred acha perigoso?

— Você não identificar logo quem entra aqui.

— Billy precisa da imagem ou da voz para identificar pessoas.

— Já entendi. Mas talvez eu tenha a solução. Podemos colocar uma câmera lá fora, pra você poder reconhecer quem está entrando, antes que essa pessoa chegue à sala.

— Billy vai poder reconhecer Fred quando Fred chegar?

Fred riu.

— Sim. Eu vou pegar o dinheiro da minha mesada e comprar uma câmera de circuito fechado. Tem uma loja no caminho do colégio pra casa. Amanhã eu instalo pra você.

— Mesada? — Billy deslizou a cadeira até a estante, puxou um dicionário, abriu e leu: — Mesada é a importância que os filhos recebem mensalmente ou, por extensão, semanalmente, dos pais. Fred recebe mesada dos seus pais?

Fred riu novamente e explicou que recebia a ajuda do pai.

— Billy, você sabe qual é o primeiro nome do Mack?

— Mack é um apelido.

— E você sabe qual o nome verdadeiro dele?

— Não.

— O William nunca comentou qual era o nome dele?

— Não.

— Você pode abrir uma janela pra eu fazer algumas pesquisas na Internet?

— Sim. Billy também pode consultar para o Fred.

— Legal! Que tipos de pesquisas você faz?

— Billy pesquisa termos literais e pesquisa informações por análise de situações.

— Nossa! O William pensou em muitas coisas legais.

— Billy sabe fazer muita coisa.

Fred riu.

— Estou percebendo. Daqui a pouco eu uso sua pesquisa. Mas, agora, você pode abrir a janela pra mim?

Billy deslizou sua cadeira de rodas até outro ponto da estante e apertou um botão. Uma janela parecida com o Google foi aberta à direita, enquanto o avatar ficou à esquerda. Fred estranhou, pois não conhecia o programa, mas deixou vir os resultados, para depois questionar a respeito. Na caixa de busca digitou:

"WILLIAM MACK"

Mas parou, pois, apesar de ter um botão pesquisar, não havia mouse acoplado à CPU do computador para que ele pudesse clicá-lo.

— Billy, como eu faço pra acionar o botão Pesquisar?

— Para acionar a pesquisa, aperte o botão enter, no teclado, ou toque na tela.

— Como assim?!

— O monitor do Billy é *touch screen*. A tela *touch screen* é composta de uma película sensível ao toque. A tela é formada por vários emissores em infravermelho que se comunicam tanto na vertical quanto na horizontal. Quando a tela é tocada, essa comunicação é interrompida e o local do toque é interpretado.

— Bela explicação, Billy. Mas eu sabia o que era tela *touch screen*. Isso é muito comum hoje em dia. É o mesmo recurso usado nos caixas eletrônicos. Também é usado nas telas dos celulares. Aliás, você pode incluir isso na sua explicação.

— Billy já complementou a descrição de *touch screen*.

Fred riu de novo. Billy tinha tanta inteligência, mas era ingênuo como uma criança.

— Eu é que não me expressei direito. Quando falei "Como assim?", foi mais uma interjeição de espanto do que uma pergunta.

— Billy não entendeu o espanto de Fred.

— É que você, por fora, parece tão simples, mas, por dentro, é tão complexo! Eu fico cada vez mais impressionado com o seu poder de processamento.

— Billy entendeu o espanto de Fred. William disse uma frase para Billy sobre esse espanto.

— Foi? E o que ele disse?

— William falou: "Billy, você vai mostrar ao mundo que não se deve julgar ninguém pela aparência. Por fora, você se parece com um computador antigo, mas, por dentro, você é melhor que o mais rápido e mais potente computador que já criaram. Sabe por quê? Porque nenhum deles é capaz de pensar sem a intervenção do ser humano. E eu dei a você o poder de ter autonomia. Você pensa e decide sem depender de ninguém. Você só precisa respeitar as mesmas leis que Isaac Asimov criou e publicou no seu livro Eu, robô".

— Eu acho que conheço essas leis. Elas apareceram no filme O homem bicentenário. Vou confessar uma coisa, mas isso é segredo: me deu uma grande vontade de chorar com esse filme, mas me segurei. Minha irmã chorou um balde.

— William disse que o filme O homem bicentenário foi uma grande inspiração. Billy não entendeu 'chorar um balde'.

Fred não aguentou e deu uma gargalhada.

— É uma espécie de gíria usada pela Carol. Significa que ela chorou muito.

— Billy sabe o que é gíria. Billy registrou o significado de "chorar um balde".

— Você pode me dizer quais são as leis do Asimov?

— Sim. Primeira lei: "Um robô não pode ferir um ser humano ou, por omissão, permitir que um ser humano sofra algum mal". Segunda lei: "Um robô deve obedecer às ordens que lhe sejam dadas pelos seres humanos, exceto nos casos em que tais ordens contrariem a primeira lei". Terceira lei: "Um robô deve proteger sua própria existência desde que tal proteção não entre em conflito com a primeira ou a segunda lei".

— Impressionante. Sabe, Billy, cada vez gosto mais do William, mesmo sem conhecê-lo.

— Billy gosta do William. Billy gosta do Fred.

Fred sorriu. Era fácil esquecer que ele conversava com um computador.

— Eu também gosto de você.

Fred tocou na tela, sobre o botão Pesquisar, mas a pesquisa não retornou nenhuma referência.

— Por que Fred pesquisou William e Mack como um só nome?

— Espertinho! Por que você quer saber?

— Billy guarda a lógica usada para cada pesquisa. Essa lógica alimenta o banco de conhecimento do Billy, para melhorar as pesquisas.

— William te contava a lógica dele?

— Sim, William explicava a lógica dele quando fazia uma pesquisa.

— Nossa. Cada vez me surpreendo mais — Fred falou alto, mais para si do que para o novo amigo! — Billy, daqui a pouco eu te explico a minha lógica.

Fred, então, digitou apenas:

MACK

Vieram algumas respostas e, uma delas, chamou sua atenção. Ele clicou sobre o link e uma nova tela se abriu, com o site de uma revista, falando sobre vírus. O autor trazia o histórico dos vírus, seus tipos e propagação na microinformática. O artigo explicava que o vírus é um software com intenções maliciosas, criado para simular vírus biológicos, infectando os sistemas, fazendo cópias de si mesmo, e se espalhando pelos computadores. No meio do artigo, o autor relembrava os primeiros vírus para os microcomputadores, como o Ping Pong (ou Bouncing Ball), o primeiro vírus que teve grande impacto no Brasil, que surgiu com o sistema operacional DOS. Seguindo o tique-taque do relógio do PC, uma bolinha pulava de um lado para outro da janela do micro. Era um vírus que se instalava no primeiro setor dos disquetes. O vírus infestava o computador quando o usuário lia um disquete contaminado. Depois de o computador ser afetado, todos os disquetes inseridos também eram contaminados. O VirusScan, em 1988, foi o primeiro antivírus a detectá-lo. Na época, os vírus não eram criados para roubar informações, apenas para irritar os usuários com mensagens ou pequenas alterações no sistema. Com o tempo, isso mudou. O artigo trouxe, mais à frente, o comentário de um leitor que falava sobre o vírus DeadToPC (ou morte ao PC), criado por um hacker chamado Mack, no início dos anos 1990. Era muito primário, mas, se não descoberto a tempo, causava grandes estragos, pois trocava o nome de todos os arquivos no computador, além de roubar o conteúdo de alguns deles. Também era um vírus de boot, como o Ping Pong, e contaminava o setor de boot do disquete. Uma característica desse hacker era que a cada vírus que ele criava, ele inventava um primeiro nome diferente. Já havia assinado como Sibilus Mack, Isaac Mack, e assim por diante.

— Achei! — gritou Fred, ao acabar de ler.

— O que Fred achou?

— Na realidade, nada de mais, Billy. Mas tem uma matéria aqui que explica parte do que aconteceu no meu colégio.

— O que aconteceu no colégio do Fred?

— Está certo. Vou te contar e te explicar o que estava pesquisando.

Fred falou da informatização do colégio, dos portões fechados no dia anterior, do boato da deleção das notas e frequências. Nesse momento, ele teve que interromper o relato, pois Billy quis saber o que era boato, mas ele nem precisou explicar, pois Billy consultou seu dicionário. Contou, por último, do aviso que apareceu junto com o vírus, que ele descobriu com a secretária Lenilda.

Fred explicou, também, que tentava encontrar algo que pudesse demonstrar se "William Mack" era um nome real ou não, mas, com o resultado da segunda pesquisa, pôde comprovar que Mack usou o nome de William, como usava nomes falsos para divulgar seus vírus.

A turma do CP-500

Billy revelou que o motivo de a tela de pesquisa ser diferente da tela do Google era porque William desenvolveu um programa especial de pesquisa, concatenando o resultado de vários programas de busca, como o Google, Yahoo e MSN *Search*, criando bancos de pesquisas, um recurso que o Google passou a usar há algum tempo.

Fred ficou maravilhado com cada informação nova que Billy lhe passava. Enquanto caminhava de volta para o apartamento, foi pensando na pista descoberta; só não conseguia ainda encaixá-la com as outras.

Capítulo 9

Ao abrir a porta, Fred viu o pai, cabeça baixa, quase encostada nos joelhos, com as mãos a escorando.

— Oi, pai! — disse ele, já adivinhando que haveria problema.

— Oi, Fred! — respondeu Alberto, levantando a cabeça, lentamente.— Precisamos conversar — completou.

Fred apoiou a mochila no outro sofá e se sentou ao lado de Alberto.

— Pode falar — disse Fred, sem muita convicção.

— Gostaria que você me contasse o que aconteceu entre você e sua irmã.

— Nada de mais — mentiu, sem conseguir encarar o pai.

— Talvez nada de mais pra você, porque pra sua irmã foi o suficiente pra fazê-la entrar em prantos.

— Ah, pai, isso não é novidade. A Carol chora à toa. Outro dia chorou com um comercial de sabão em pó — debochou Fred.

— E você vai me dizer que ela não tinha motivo pra ficar assim?

Fred ficou mudo, mas o silêncio do pai, à espera de sua resposta, funcionava como uma agulha lhe espetando.

— A Carol é uma tonta de chorar pela... — Fred parou, sem conseguir completar a frase.

— Você ia dizer que ela é uma tonta por chorar pela mãe de vocês?

Fred balançou a cabeça, confirmando.

— Meu filho, não nos cabe julgar o tamanho da saudade que sua irmã sente, nem a dor que essa saudade pode provocar nela. Só nos resta entendê-la. E digo mais, Fred, não é vergonha, meu filho, você também sentir falta da Vivian.

— Eu não sinto falta dela... — Fred tentou se defender, mas não suportou e os olhos embaçaram também. — Ela não merece que eu sinta falta dela... Ela nos deixou, pai. Ela não pensou em nós...

— Vem cá, meu filho! — O pai o puxou para um abraço apertado.

Aos poucos, Fred foi se acalmando, até que Alberto o soltou, para, em seguida, colocar o braço atrás das costas dele.

— Sabe, filho, eu já senti muito a falta da Vivian. Depois, eu tive vergonha de sentir isso, porque também achei que ela não merecia. Com o tempo, entendi que essa minha revolta era equivocada.

— Você ainda a ama? — Fred aguardou a resposta, buscando o olhar do pai.

— Sinceramente, Fred, não mais. Mas eu, como marido, na realidade, ex-marido, posso ter deixado o amor acabar. Vocês, como filhos, não. Amor por pai e mãe é pra sempre. Não existe ex-pai ou ex-mãe.

— Ela não ama a gente, pai!

— Claro que ama. Mas esse amor não a impediu de fazer o que achou certo pra vida dela. Cada um traça sua vida como acha justo. Nem toda atitude que tomamos agrada a todos. Como a que em breve talvez eu tome...

— Do que o senhor está falando?

— Fred, é tão difícil... Não será fácil ter essa conversa com sua irmã. Filho, vou precisar da sua ajuda, mais do que nunca...

Fred começou a ficar temeroso:

— Que ajuda, pai?

— Fred, eu conheci uma mulher fantástica. Uma mulher doce, carinhosa, especial... Filho, eu estou apaixonado.

— Apaixonado?!

— Você acha ruim?

— Não... Acho que não. Se ela for uma boa pessoa. É que tomei um susto, pai. Realmente já vinha achando que você estava há muito tempo sozinho...

— Estava mesmo. E é por isso que eu gostaria de me casar com ela.

— Já, pai? Mas a gente nem a conhece.

— Calma, Fred, não é agora. Eu sei que preciso trazê-la aqui primeiro, apresentar pra você e sua irmã, esperar que a Carol aceite...

— Você sabe que ela não vai aceitar, não é?

— É, eu desconfio. Além do mais, ainda não estou separado oficialmente da sua mãe.

— Mas há três anos vocês concordaram em se separar...

— É verdade, mas estando ela tão longe, não foi possível oficializarmos o divórcio. Até agora eu não tinha pressa, mas depois que conheci a...

— Pai! — eles ouviram Carol gritar.

— É melhor o senhor ir lá. Depois continuamos esse papo.

A turma do CP-500

Na verdade, Fred não sabia o que falar, e agradeceu pela irmã tê-lo salvado daquela conversa. O pai se levantou, fez-lhe um cafuné na cabeça e foi atender a filha. Fred ficou pensando se estaria preparado para ter outra mãe. Ok, seria uma madastra, mas não sabia bem o que poderia ser pior. Espantou os pensamentos e seguiu para o quarto, pois não tinha condições de processar essa nova informação.

À tarde, todos se encontraram na casa de pedras, menos Carol, que estava de mal com o irmão e se recusou a ir, mesmo que isso significasse ficar longe de Cadu. Fred explicou aos outros o que havia descoberto com Billy. O pai também tinha confirmado suas suspeitas sobre a forma de acesso aos bancos de dados.

— Como eu tinha desconfiado, o arquivo do banco de dados não pode ter sido danificado por um vírus inofensivo. Isso foi uma ação planejada. O vírus do colégio foi planejado por um hacker chamado Mack.

— O que é um hacker? — perguntou Cadu.

Billy processou a pergunta e se antecipou na resposta.

— Hacker ou ciberpirata é a pessoa que possui profundos conhecimentos de informática e que, eventualmente, os utiliza para violar sistemas ou exercer atividades ilegais.

— Acho que encaixamos duas peças, não é? Se o William disse que descobriu que o Mack praticava atividades ilegais, ele podia estar falando das atividades dele como hacker, não é? — concluiu Lena.

— Sim, pode ser. Mas um hacker não é apenas um cara vaidoso que quer provar que sabe muito; é alguém que pode usar essa sabedoria pro mal, pra atos ilegais. Então, significa que ele pode não ter colocado um vírus no colégio pra brincar de apagar notas ou frequências. Ele pode ter outros interesses.

— E que interesses o Mack poderia ter num colégio, ainda mais apagando as notas e as frequências? A não ser que ele seja um aluno — deduziu Gui.

— Será?! — estranhou Cadu.

— Não, gente, não teria como. Pelas minhas pesquisas, ele deve ter, no mínimo, trinta anos. Billy, você tem alguma foto do Mack?

— William apagou todas as fotos do Mack.

— É, o William realmente queria encobrir o amigo — concluiu Cadu.

— Ou se proteger — deduziu Fred.

— E se o Mack que assinou o vírus for um aluno que está usando o nome desse hacker famoso? — sugeriu Gui.

— É uma possibilidade.

— Não acredito, Lena. — Fred andou de um lado pro outro, depois se aproximou novamente do grupo. — Billy, você saberia dizer a idade do Mack?

— Não.

— Mas sabe dizer se ele é um menino ou um homem?

— Mack é um homem.

— Isso elimina a possibilidade de o Mack ser um dos alunos — concluiu Lena.

— Acho que, pra descobrirmos novas pistas, teremos que fazer algumas perguntas no colégio — sugeriu Fred.

— É bom tomar cuidado com o que você vai perguntar e a quem, não é, Fred? — Lena alertou o amigo.

— Pode deixar comigo. Acho que a nossa reunião acabou.

— A reunião da turma do CP-500 acabou? Billy gosta de reunião.

Lena e Fred riram.

— Sim, Billy. Precisamos ir pro colégio pra treinar pro campeonato de vôlei, que está chegando.

— Billy ouviu Fred falar em brincar. A turma do CP-500 quer brincar com o Billy?

Lena sorriu e arqueou a sobrancelha.

— Você brinca, Billy?

— Sim. Billy sabe várias brincadeiras.

— Qual a brincadeira de que você mais gosta? — perguntou Cadu, torcendo pra ele dizer video game.

— Billy gosta de brincar de forca.

Todos se olharam e sorriram. Billy parecia uma criança.

— Se brincarmos com você uma vez é suficiente? — propôs Fred.

— Sim. Billy aceita brincar uma vez.

— Então pode começar.

Billy armou uma forca na tela, num quadro atrás de si. Nele, uma palavra de dez letras e a pista: "colégio".

Cada um deu um palpite. Fred acertou a vogal "A", Lena acertou a vogal "I". Cadu errou a consoante "R" e Gui errou a consoante "B". Todos reclamaram com ele, afinal, no jogo da forca, não se arrisca dizer, nas primeiras tentativas, letras menos frequentes como B. Fred sugeriu a letra "C" e acertou. Lena sugeriu a letra "O" e errou. Parecia que a turma ia perder para o Billy. Gui deu o palpite da letra "E" e acertou. Então foi a vez de Fred acertar a palavra depois de arriscar a letra "M".

MA___EMA___ICA

— Billy, eu já sei. É matemática.

— Fred acertou. Billy colocou uma palavra do nível 1. A turma do CP-500 quer brincar com uma palavra do nível 2?

Fred olhou os amigos e sorriu.

— Billy, nós não podemos. Mas guarde o score da turma. Da próxima vez, brincamos com você um pouco mais, Ok?

— Sim. Billy registrou a pontuação.

— Uma curiosidade, Billy. O William brincava com você? — interessou-se Cadu.

— Sim. William brincava com Billy todos os dias.

Fred ficou curioso.

— E em que nível ele estava do jogo da forca?

— William estava no nível 25.

— Uau! — Cadu se surpreendeu, enquanto a admiração corria de forma distinta em cada um dos seus amigos.

Capítulo 10

Rio de Janeiro,
Sexta-feira, 15 de abril. 8:30

Fred aproveitou que o professor Boanova havia passado um exercício de matemática para se aproximar da mesa dele.

— Professor, posso lhe fazer uma pergunta?

— Claro, Frederico — respondeu Boanova, sem largar as anotações que registrava em seu bloco.

— O senhor sabe alguma coisa sobre o vírus que atacou o banco de dados?

O professor deixou o lápis cair e olhou seriamente para Fred.

— Que história é essa, rapaz?

— É que estão falando que o vírus apagou alguns dados do banco.

Boanova arqueou uma sobrancelha, apoiou os cotovelos sobre a mesa e uniu as mãos na frente do rosto, com os indicadores apontados para cima e colados aos lábios.

— Escute, Frederico, isso é um assunto da direção que

está sendo tratado com o devido sigilo. Os alunos não deviam estar comentando. Onde você soube disso?

— Eu ouvi na... no intervalo — Fred titubeou ao responder.

— Pois esqueça o que você ouviu.

— Tá, professor, mas é verdade que as nossas notas foram perdidas?

Boanova deu um risinho sarcástico.

— Se você fosse um mau aluno, eu arriscaria dizer que estava feliz com o fato de as notas terem sumido.

— Então, sumiram?

O professor olhou sério para ele.

— Sim, parece que houve um problema, mas tem cópia em papel, e elas estão sendo inseridas de novo. Então, já está tudo sob controle.

— E quanto à frequência?

— O que tem a frequência? — Boanova franziu a testa, visivelmente contrariado por aquela insistência.

— Também foi perdida?

— Frederico, você está se metendo no que não lhe diz respeito. Não sei nada sobre isso e, agora, volte pro seu lugar, que preciso corrigir o exercício.

Fred balançou a cabeça e obedeceu. De volta aos exercícios que ele nem sequer havia começado, sua mente fervilhava, tentando encaixar mais uma peça naquele mistério.

Os últimos dois tempos eram de educação física. Mauro, o professor, era um ídolo para eles. Transformava a educação física em uma das matérias mais queridas do colégio. Ele havia sido atleta de basquete, com passagem por vários clubes do Rio.

Quando teve a primeira convocação para a seleção brasileira, foi obrigado a se afastar, após uma contusão no joelho que não teve boa recuperação. Mas ele não parecia guardar qualquer ressentimento por isso, pois encontrou uma maneira de continuar a falar de esporte, sua paixão maior. Havia abraçado a profissão de professor por amor. Era unanimidade entre seus alunos sua dedicação e o respeito que ele despertava.

Mauro gostava de trabalhar os times sob três bases: técnica, disciplina e caráter. Suas frases de efeito eram famosas. Uma delas, que ele repetia sempre que algum aluno apresentava alguma falta de caráter, era: "Primeiro se forma o homem; depois, o atleta". Ele considerava que não adiantava um atleta de técnica perfeita, mas de caráter falho. Costumava contar a história de um triatleta que havia perdido uma competição por ter parado para salvar um concorrente que passara mal enquanto nadava no mar. Se, por um lado, ele tentava mostrar que seus alunos não deveriam colocar a competição acima de tudo, por outro, buscava incentivá-los, mostrando-lhes que sempre era possível superar as dificuldades.

Outra frase dele, que era quase um mantra às vésperas das competições, reforçava essa ideia: "Não importa se vocês vão ganhar ou perder, pois sei que vão fazer o melhor. Mas já que ralamos tanto pra chegar até aqui... vamos nos esforçar um pouquinho mais e superar esses caras".

Nas partidas de futebol, outra frase era motivo de gozação: "Vamos lá fazer o melhor. Ao colocar as chuteiras no campo, a derrota já está garantida, então vamos correr atrás da bola e da vitória".

Naquela manhã, entretanto, o professor Mauro estava diferente. Andava de um lado para o outro, checava a sacola de bolas, escolhendo aleatoriamente uma delas. Depois, a devolvia, voltava ao centro da quadra e recomeçava tudo de novo. Só acalmou-se quando a turma ficou completa.

Preterindo os exercícios de alongamento, começou a aula com um aviso para os alunos que iriam participar dos Torneios Estudantis. A diretora estava convocando todos os atletas para uma reunião depois da aula, mas, estranhamente, não tinha revelado o motivo.

Os Torneios Estudantis vinham agitando não só a direção do Ilíada, como os próprios alunos. A competição, criada pelo Governo Federal, visando às próximas Olimpíadas, seria realizada pela primeira vez com dois colégios. O objetivo era descobrir novos atletas. Para viabilizar gastos e incentivar os alunos, empresas privadas entraram como patrocinadoras. Nesse projeto-piloto, apenas duas modalidades haviam sido escolhidas: o vôlei e o tiro com arco.

Vôlei não era o esporte que precisava de mais incentivo, era certo, visto as conquistas que alcançara nas últimas décadas, mas, diferente do futebol, quase unânime na ala masculina, era o esporte mais procurado por ambos os sexos. Além disso, os times envelheciam e precisavam ser renovados. E como era preciso investir em apenas dois esportes nesse projeto piloto, o vôlei foi um dos eleitos. O outro esporte deveria ser algum em ascendência. Então, foi escolhido o tiro com arco, popularmente conhecido como arco e flecha.

Carol já tinha feito a aula de educação física no tempo anterior e iria direto da sala de aula para lá. Fred, Gui, Lena e Cadu seguiriam juntos após o treino.

Uma vez dado o recado, Mauro iniciou a aula. E acabou decidindo que seria treino livre, à escolha de cada um. Logo se formaram alguns times de vôlei e uma partida foi começada e terminada sem que Mauro prestasse atenção em um ponto sequer.

— Tem ideia do que seja essa reunião? — Carol perguntou para Fred ao encontrar o grupo subindo para o auditório.

Ela e o irmão já tinham feito as pazes, como sempre acontecia. Bastava não tocarem no assunto para que tudo voltasse ao normal.

— Não, mas há alguma coisa estranha acontecendo no Ilíada.

Eram poucos alunos, porém o barulho produzido pelas conversas paralelas alcançava o corredor. Os cinco sentaram em lugares contíguos no meio do salão. Dali podiam ver o movimento de quem chegava.

Vários alunos entraram depois deles; o burburinho que corria entre as cadeiras foi crescendo gradativamente. De repente, Fred notou o professor e subdiretor Afrânio se posicionar na porta. Fred chamou a atenção de Lena, que fez o mesmo com os outros da turma. Logo estavam os cinco comentando da impressão que o professor passava ao olhar insistentemente para eles.

— Não tem motivo pra ele nos repreender, pois todos estão falando aqui no auditório — comentou Cadu.

— Esse jeito sinistro de nos olhar está me deixando nervosa. Ele não está encarando assim nenhum outro grupo de alunos — sussurrou Carol.

— Olha, Fred! — Lena posicionou a mão sobre a perna de Fred mostrando, discretamente, a outra porta.

Fred precisou respirar fundo para conter os batimentos acelerados causados pelo toque de Lena. Acompanhando a direção apontada por ela, viu o professor Mauro muito agitado, olhando para todos os alunos, até parar neles, fixar o olhar, sorrir sem graça, e depois se retirar.

— É impressão minha ou parece que todos os professores resolveram nos encarar hoje?

— Não sei, Lena, mas tem algo estranho acontecendo aqui — respondeu Fred.

— Essa semana é a mais estranha da minha vida — reclamou Gui.

Os últimos alunos entraram, o que aumentou o falatório. A demora da diretora estava deixando todos mais nervosos.

— Fred, não sei se já estou ficando paranoica, mas você não vai acreditar em quem eu acabei de ver atrás do palco, olhando pra nós — Lena sussurrou.

— Quem?

— O professor Hórus!

— Impossível. Ele está na Europa, não está?

— Bem, deveria. Até porque hoje não tivemos a aula dele.

— Você deve tê-lo confundido com outro professor.

— Não sei, Fred, não sei...

Nesse momento, a diretora Sacramento entrou no palco pisando firme e repreendendo o barulho. Ela não era mulher de muitos sorrisos, mas, naquele dia, estava visivelmente mal-humorada, o que eles perceberam, alguns instantes depois, ser uma atitude incompatível com o motivo da reunião.

— Serei breve. Chamei vocês pra avisar que o uniforme chegou. — Uma manifestação de alegria eclodiu entre os alunos. — Silêncio! — gritou. — Tenho outros assuntos a resolver e não posso perder tempo com balbúrdias.

Sacramento remexeu uma caixa que estava embaixo do púlpito e tirou de lá uma camisa branca, com detalhes em azul na manga. Para os atletas dos times de vôlei, grandes números na mesma cor apareciam nas costas. Para os atletas do tiro com arco, apenas um símbolo do esporte. Na frente da camisa, do lado esquerdo, vinha o logotipo do Colégio Ilíada e, do lado direito, um logo desconhecida pela maioria.

O auditório pareceu aprovar o uniforme, mas as manifestações foram espocando aqui e ali, como se fossem zumbidos de uma mosca.

— Como vocês sabem... silêncio, já pedi — gritou ela novamente, inibindo os últimos rumores do ambiente. — Melhor assim. Como vocês sabem, a empresa de Serviços de Impressão Print & Paint vai patrocinar todo o evento. A logomarca aparecerá nas camisas de vocês, no material de divulgação e nos painéis de publicidade que contornam a quadra.

— Fred, o que uma empresa ganha pra dar tanto dinheiro assim pra escola? — sussurrou Carol enquanto a diretora continuava a explicar.

"... brindes serão distribuídos..."

— Além da propaganda, que é importante, parece que tem agora...

"... No dia seguinte ao primeiro jogo que será..."

— ... a Lei do Incentivo aos Esportes, que permite que eles abatam um valor no Imposto de Renda... Carol, deixa eu ouvir, depois te explico melhor.

— ... pagaremos a bolsa-atleta. — Novo burburinho começou a crescer no auditório, mas dessa vez foi contido só com o olhar furioso da diretora, seguido do seu silêncio. — E, pra finalizar, já está confirmado que teremos a presença de um jogador de vôlei da Geração de Prata, além de um arqueiro da Federação de Tiro com Arco do Rio de Janeiro.

— Diretora, o que é a Geração de Prata? — perguntou alguém, na primeira fila.

Sacramento revirou os olhos e respirou fundo. Foi possível ouvir alguém comentar na fila de trás: "É muito sem noção!".

— Como todos vocês deviam saber e tenho certeza de que o professor Mauro falou a respeito, o vôlei ganhou muita projeção nas últimas décadas, e se deve muito a um grupo de jogadores da década de 1980 que ficou conhecido como a Geração de Prata, por terem formado a seleção brasileira que alcançou o melhor resultado desde o início do vôlei em nosso país até então. Antes da seleção de Prata, os times não conseguiam mais do que o quinto lugar. Foi esse time que trouxe resultados importantes, sendo o principal a medalha de Prata nas Olimpíadas de Los Angeles.

— Diretora, é dessa seleção que saiu o Bernardinho? — Carol se animou e perguntou, pois ela também era levantadora.

— Sim. O Bernardinho, técnico da seleção masculina de vôlei por vários anos, seleção que há anos nos alegra com várias medalhas de ouro, não só em Olimpíadas, como em Pan-Americanos, Ligas Mundiais e Campeonatos Mundiais, saiu da seleção que era comandada pelo técnico Bebeto de Freitas. Bernardinho era o segundo levantador da seleção que trazia William como titular — todos notaram que Sacramento parecia ter melhorado em mil por cento seu humor —, e contava ainda com Bernard, que inventou o saque Jornada nas Estrelas...

— Eu uso esse saque — falou um colega do nono ano, reserva do time masculino, de uma fileira atrás deles.

"Xandó, Renan, Badalhoca, Amauri, Fernandão e Montanaro. Eles ganharam..."

— Minha mãe me contou que era apaixonada pelo Montanaro. — Lena falou baixinho. — Ela guarda até hoje um pôster amarelado desse time.

— Será que ela me deixava ver? — Gui perguntou.

— Vai lá em casa que eu peço a ela pra te mostrar.

— Valeu! Vamos marcar, então.

Uma ponta de ciúme tomou conta de Fred, que até se esqueceu de prestar atenção no que a diretora falava.

— Bom, pelo jeito, nem todos estão interessados em saber sobre essa seleção tão importante. Então, vou encerrar a reunião. — Alguns colegas olharam para trás, diretamente para os cinco amigos, recriminando-os em silêncio. — Espero que, ao recebermos nosso ídolo, vocês o tratem com a deferência devida. Vou chamar os alunos pelo nome. Cada um que pegar seu kit está dispensado depois.

Cadu e Carol foram os primeiros do grupo a subir. Ao voltarem, estavam com uma expressão muito estranha, mas não deu tempo de Fred perguntar o motivo, pois havendo na lista apenas um Eduardo e um Fábio, ele logo foi chamado. Ao pegar seu kit das mãos da diretora, que ia marcando todos os alunos a quem já havia entregado, ela lhe disse, sem olhar pra ele:

— Permaneça no auditório, pois quero falar com você depois da reunião.

A turma do CP-500

Fred se assustou, passando a se preocupar, logo depois de descobrir que a convocação tinha sido feita especificamente aos integrantes da Turma do CP-500.

Capítulo 11

Conforme pegava o seu kit com uniforme, meia, joelheira (para os jogadores de vôlei), dedeira, peitoral e braçadeira (para os arqueiros) e alguns brindes da empresa patrocinadora, cada aluno logo ia se retirando. No auditório, restaram apenas os cinco amigos. A diretora guardou os kits dos atletas que faltaram e, em seguida, mandou que os cinco se sentassem na primeira fila. Assim que estavam todos acomodados, ela se aproximou com uma expressão que despertou medo em Gui e Carol.

— Já tomei conhecimento de que vocês andam espalhando pela escola que as notas e frequências foram apagadas — disse Sacramento, muito brava.

— Não fomos nós que começamos o boato! — defendeu-se Lena.

— Não me interrompa, Maria Helena! Eu não os mandei ficar pra que falassem. Eu os chamei pra que ouvissem, muito atentamente, o que tenho pra avisar. Eu exijo que vocês se calem sobre esse assunto.

Lena se remexeu na cadeira, ansiosa para se defender, mas Fred, percebendo que não seria uma boa tática, apoiou a mão sobre a dela, tentando acalmá-la. O movimento não só funcionou, como desviou a atenção de Lena para outro problema que vinha experimentando.

— Não se metam nisso — prosseguiu a diretora, reforçando o aviso. — Isso é um assunto sigiloso da escola, especificamente da diretoria. Se eu souber que vocês estão bisbilhotando, irei suspendê-los e retirá-los do time de vôlei. E, no seu caso, Carlos Eduardo, você perderá a sua bolsa.

O aviso pareceu correr como uma descarga elétrica entre eles.

Foi a vez de Fred ter vontade de se defender. Mas Lena apertou sua mão e não deixou. Aquela ameaça parecia um pesadelo e eles gostariam que chegasse logo a hora de descobrir isso para poder acordar. Desde menina, Lena mantinha-se exemplar. Nunca tinha ido parar na coordenação, em nenhum ano sequer fora chamada a atenção, nunca experimentara uma nota baixa. Por isso não suportava a palavra suspensão, principalmente por ser um castigo por algo que não fizera. Ao conter Fred, ela também se continha, pois se sentia dividida entre tornar-se invisível, para que os problemas não a atingissem, e lutar por justiça.

Gui só carregava uma preocupação: o time. Não podia suportar ficar fora dele. Pensou em dizer que não tinha nada com aquilo, que não havia espalhado boato algum, mas teve medo de irritar ainda mais a diretora. Porém ele não podia receber aquela punição. Não era com as aulas que se importava, mas com o time de vôlei, pois nada era mais importante para ele do que jogar. E, no caso, jogar vôlei. Chegou a entrar em times de basquete, futebol, handebol... até tênis foi experimentar com o pai, mas nada lhe despertou tanta paixão quanto aquela bola recepcionada, levantada e cortada para a quadra vizinha, como se das suas mãos partissem pequenos raios, como se ele assumisse o papel dos super-heróis dos quadrinhos que lia. Não, não podia perder tudo isso, principalmente por culpa das invenções de Fred e da sua ideia de bancar o detetive, tudo para salvar um computador idiota.

Cadu, passado o susto, desligou do ambiente, das palavras ameaçadoras, do quanto era cruel o que Sacramento lhe dizia. Perder a bolsa. Perder a bolsa. Não, isso não era possível. A oportunidade que conseguira de estudar num bom colégio, tirou do pai e da mãe, que se esforçavam dia e noite, uma preocupação a mais. Ele não podia dar esse desgosto a Ari, que lutava tanto pelo sustento da família. Ele não podia dar esse desgosto à Lourdes, que passava dia e noite fazendo salgados para vender. Eles viviam bem melhor desde que o pai começara a trabalhar no condomínio. Tudo se ajeitava aos poucos. E seu sonho era se formar em Direito, seguir uma carreira que permitisse dar uma aposentadoria digna para o pai.

Carol não pensava em perdas. Adorava jogar vôlei, seria ruim ser suspensa, mas sua única preocupação também envolvia o pai, a decepção que ele sentiria, a culpa que, por certo, iria surgir, achando que havia falhado no papel duplo que precisou desempenhar. O pai-mãe a cuidar do sustento e do carinho, do estudo e do lazer. Não suportaria dar-lhe essa decepção. Bastava a mãe; a mãe que simplesmente disse: eu vou, eu preciso ir, e foi. Eles vão ficar bem com você, ela disse. Era uma sentença, uma tarefa na qual ele não podia falhar. Não era justo deixar ele pensar que tinha falhado.

Entre eles, Fred era o único que não estava abalado. Mesmo tendo muito a perder: o time, as aulas, a decepção que daria ao pai. Mas não era emoção que o movia, era lógica, a lógica de que havia algo muito errado naquela ameaça, a lógica de quem sabia que, mesmo mal-humorada, Sacramento os conhecia o suficiente para saber que o boato não havia partido deles.

Enquanto os amigos ruminavam suas perdas, Fred encarava a diretora com um olhar inquisidor, quase um desafio, quase podendo pressentir a interpretação dela para a expressão de cada um dos seus alunos.

Foi em silêncio que eles deixaram o auditório. Mal tinham alcançado o pátio quando viram aquele estado de suspensão ser quebrado. Um rapaz veio correndo, olhando pra trás, e não os viu, derrubando Gui no chão.

— Tá maluco! — gritou Guilherme. — Não olha pra onde anda?

Era um dos rapazes do time masculino, que pertencia à sala da Carol.

— Que pressa é essa, Eduardo? — perguntou Carol.

— Eu esqueci minha carteira no auditório.

— Correndo assim, cara, você vai encontrar é problema pelo caminho — vociferou Gui enquanto massageava o cotovelo que havia arranhado um pouco ao bater no chão.

— Imagina se fosse um professor! — brincou Lena.

— Por quê? — perguntou Eduardo, apreensivo.

— Se você esbarrasse assim num professor daqueles que dá nota baixa até se você disser 'bom dia', certamente estaria reprovado.

— Caramba! Será que, no ano que vem, eu poderei pegar o cara que derrubei?

— Não entendi — falou Lena.

— Não, nada! É que esbarrei num professor ao vir pra cá, mas ele nem é da minha turma. Gente, deixa eu correr, pois não avisei que ia chegar tarde em casa e minha vó deve estar uma fera.

— Idiota! — Gui sussurrou e acelerou o passo.

Bastou avançarem pelo pátio para que todos os medos represados achassem saída em frases atropeladas e desconexas.

— Não é bom falarmos disso aqui. Vamos conversar no caminho pra casa — sentenciou Fred, com frieza.

A indignação ficou suspensa em cada um dos quatro. Apesar de tudo, Fred tinha razão. Por isso, o silêncio voltou a se instalar entre eles. Os amigos estavam visivelmente divididos. Gui caminhava, sozinho, à frente. Atrás dele, também sozinha, estava Lena. Em par, Carol e Cadu seguiam logo atrás; Fred vinha isolado, por último. Talvez por isso ele tenha desviado sua vista para o chão, notando, assim, um envelope preto caído ao lado do chafariz de Atena. Abaixou-se e pegou. Dentro, havia um cartão tamanho 1/3 de papel A4, cheio de furos.

Os amigos se deram conta do atraso dele e voltaram.

— O que é isso? — perguntou Cadu, ao ver o cartão.

— Não tenho ideia — respondeu Fred.

— Então deixe esse troço aí — disse Gui, áspero.

O tom de Gui foi tão enfático que os outros olharam dele para Fred, tentando medir como essa irritação seria recebida. Mas Fred parecia não ter ouvido, tanto que guardou o cartão no envelope e o colocou do lado de fora da mochila.

— Vou levar comigo — avisou aos amigos.

Eles retomaram o caminho para sair do colégio sem perceber que havia alguém encoberto, atrás da árvore centenária que ficava no caminho para o estacionamento. Essa pessoa espiava o pátio, quando viu Fred pegar o cartão e ficou furiosa por isso ter acontecido.

— Eu não posso ficar fora do time! — Gui praticamente berrava.

Fred respirou fundo. Já tinha ouvido todos os colegas protestarem sobre a ameaça da diretora Sacramento, incluindo Gui, que começara e terminara as reclamações.

— Vocês estão certos!

O burburinho, que era grande até então, tornou-se um silêncio que permitia ouvir os passarinhos arrulharem nas árvores que pontuavam o atalho para o condomínio.

— Como assim? Então você concorda em largarmos a investigação? — perguntou Lena, sem querer acreditar.

— Eu não quero que ninguém se prejudique.

— Até que enfim você percebeu que isso era loucura. — Gui abriu os braços em sinal de protesto.

— Vocês devem ficar fora disso, mas eu não posso deixar o Billy correndo perigo.

— Ah, qual é, Fred? Ele é um computador...

— Gui, ele é um amigo. Como o seu cachorro é seu amigo.

— Ah, não queira comparar uma coisa que não tem vida com o meu Thor.

— Gui, não vou discutir isso... — Fred estava extremamente calmo. — Ninguém precisa se envolver, mas eu tenho que fazer, pelo Billy, por mim... Há algo estranho acontecendo no colégio, e não dá pra ficar tranquilo enquanto esse Mack está livre pra agir como quiser.

— Fred tem razão. O Billy está contando com a gente — disse Cadu.

— Você vai perder a sua bolsa, cara — exasperou-se Gui.

— Espero que não, Gui. Acho que precisamos ser mais discretos. Mas não podemos deixar nem o Billy nem o Fred sozinhos...

— Afinal, nós somos a Turma do CP-500 — completou Lena, segurando na mão de Fred.

Gui olhou aquela cena e sentiu um incômodo profundo.

— Eu também fico do lado do meu irmão — completou Carol, apoiando sua mão sobre a de Lena.

— Vocês estão doidos... Mas tá, eu continuo ajudando.

Fred aceitou o apoio de todos, mas algo nele sabia que eles iam precisar redobrar o cuidado.

— Gostaria de comprar uma câmera de circuito interno — pediu Fred ao vendedor na loja que ficava ao lado da entrada do condomínio.

— Só um instante.

Ele tinha se despedido dos amigos, pedindo que esquecessem o assunto por ora. Só Carol o esperava do outro lado da loja, olhando os diversos modelos e cores de mouses que estavam expostos.

— Aqui está. — O vendedor entregou a embalagem com o pedido de Fred.

Esperou o troco, sem perceber que, do lado de fora, alguém observava cada passo seu.

— Oi, pai! — Fred e Carol disseram ao ver o pai lendo o jornal.

— Oi, filho! Oi, filhota! Tudo bem no colégio?

Eles se olharam, mas foi Fred quem respondeu.

— Sim, pegamos os kits do campeonato.

— Que legal! Deixa eu ver.

Fred remexeu a mochila para pegar seu kit e sentiu algo cair no chão.

— Filho, caiu um envelope da sua mochila. O que é?

Ele pegou o envelope do chão e tirou o cartão lá de dentro.

— Achei no colégio — disse, entregando ao pai.

— Olha isso! É um cartão perfurado! — observou Alberto olhando o cartão de um lado e do outro — Onde achou?

— No pátio do colégio. Estava caído.

— Que estranho! Quem andaria com um cartão perfurado no colégio?

— Pai, o que é um cartão perfurado? — Carol se interessou.

— Os cartões perfurados foram a primeira forma de memória que os computadores tiveram.

— Sério, pai? Pensei que as memórias existissem somente dentro do computador.

— Não, filha, os CDs também são formas de memória, mas são chamadas de memórias externas.

— Ah!

— Os primeiros computadores eram máquinas gigantescas, com pouca capacidade. Os dados e os comandos para fazer os computadores funcionarem eram inseridos por meio dos cartões perfurados.

— Como assim, pai? — foi a vez de Fred perguntar.

— Cada coluna dessas recebe um conjunto de furos que representa um caractere, ou seja, uma letra ou um número.

— Então, um cartão desses tem uma mensagem escrita? É isso, pai?

— É, filho. Quer que eu leia o conteúdo desse cartão lá no trabalho? Nós temos leitores de cartões perfurados lá. De repente, dava alguma pista do dono desse cartão.

— Não, pai, não precisa. Amanhã entrego na Secretaria.

— Você é quem sabe.

Ao entrar no quarto, Fred trazia a certeza de que havia encontrado mais uma pista. Acessou o Google e fez diversas pesquisas, mas não conseguiu chegar a nenhuma decodificação clara para ser usada. Então, lembrou que havia alguém que poderia fazer isso. No caminho, encontrou Cadu que decidiu ir com ele.

— Pronto, Billy! Cadu e eu já instalamos a câmera. Agora, você já pode reconhecer as pessoas antes de entrarem na casa.

— Billy testou a imagem da câmera. Billy reconhece Cadu que está lá fora.

— Quem falou meu nome aí? — disse Cadu ao entrar na sala.

— Foi o Billy que já testou a imagem. Está funcionando perfeitamente.

— Beleza!

— Billy, você sabe decodificar um cartão perfurado? — perguntou Fred.

— Billy sabe decodificar cartão perfurado.

Fred sorriu com a informação.

A turma do CP-500

— Eu tenho um cartão perfurado aqui comigo, como posso passar pra você o que está nele, pra você decodificar pra mim?

— Um cartão perfurado é lido na vertical. Cada coluna tem uma sequência de espaços furados que representam zero ou um.

— Cada furo representa o quê? — perguntou Cadu.

— Um espaço com furo representa o número um. Um espaço sem furo representa o número zero.

Fred notou que em cada coluna havia duas linhas em branco e dez linhas numeradas de zero a nove. Ele começou ditando a primeira sequência.

— A primeira sequência é 1001 0000 0000.

— Letra A.

— Uau! Vai anotando aí, Cadu. Billy, a segunda sequência é 0001 0000 0000.

— Número 1.

— 0000 0001 0000.

— Número 5.

Fred seguiu ditando todas as sequências e descobriu com Billy que, para números, a primeira e a segunda linha não eram preenchidas. Para as letras de A a I, havia um furo na primeira linha, e um furo a partir da quarta linha, para cada letra seguinte. Então a letra A ficava como "1001 0000 0000", a letra B como "10001000 0000" e assim por diante. Para as letras de J a R, a segunda linha recebia um furo; depois, para cada letra, o furo seguinte partia da quarta linha. Então, a letra J correspondia a "0101 0000 0000", a letra K a "01001000 0000" etc. E para as letras de S a Z, o primeiro furo aparecia na 3ª linha, e o furo seguinte acontecia da 5ª linha em diante.

— Terminamos. Então, Cadu, qual é a mensagem completa?

— A1523C11345S0709MACK

— Você viu isso, Billy? — perguntou Fred.

— O que Billy deve ver?

— Billy, desculpa, minha pergunta saiu mal feita. O que quero dizer é que essa mensagem traz o nome do Mack no final dela.

— Billy identificou o nome Mack.

— Você poderia identificar o que são esses números?

— Billy pode tentar. Fred tem algum argumento? A pesquisa é mais rápida com um argumento.

— O que é argumento pra ele, Fred? — estranhou Cadu.

— É como se fosse uma informação que servisse de um filtro. — Fred respondeu, voltando-se em seguida para Billy: — Quanto à pesquisa, Billy, deixa pra lá. É procurar agulha num palheiro.

— Fred tem uma agulha perdida?

Fred e Cadu riram.

— Não, Billy. Esquece o que falei.

— Fred não quer que Billy pesquise o significado da mensagem?

— Não, Billy, por enquanto, não. Eu vou tentar descobrir alguma pista antes. Billy, você teria algum programa de conversão do cartão perfurado que eu pudesse baixar para o meu celular?

— Billy vai pesquisar programa... Billy pesquisando... Programa encontrado. Coloque pen-drive na porta USB.

— O que é porta USB? — perguntou Cadu.

— Cadu, é aquela entrada onde colocamos o pen-drive.
— Ah! É mesmo!
— Billy, onde fica sua porta USB?
— A porta USB é na parte traseira do Billy.
Cadu deu uma gargalhada.
— Cadu, não tem graça. — Fred recriminou, se segurando para não rir também.
— Por que Cadu está rindo?
— Nada, Billy. Nada que tenha importância. É que o William podia ter escolhido um lugar melhor.
— Isso é uma piada?
— Mais ou menos, Billy, seria uma espécie de curtição.
— Billy não entende curtição.
— Qualquer dia eu te ensino isso. Pense apenas que é uma espécie de deboche.
— William começou a ensinar deboche para Billy.
— Sério, que legal! — disse Fred enquanto procurava a porta USB. — Pronto, já coloquei meu pen-drive.
— Billy identificando o pen-drive... Identificado. Iniciando cópia... Cópia encerrada.
— Perfeito! Em casa eu passo pro celular. Tenho quase certeza de que ainda vou precisar desse programa.

Capítulo 12

Rio de Janeiro,
Sábado, 16 de abril.

Fred estava indo se encontrar com Billy, quando avistou Lena de longe. Ela estava sentada num canteiro, em frente à casa de pedras.

— Ei, está perdida aí? — perguntou Fred, enquanto se sentava ao lado dela.

— Não. Eu estava pensando nessa história toda.

— Em qual história?

— Na existência do Billy, no Mack, nesse vírus que invadiu o colégio, e também...

— E também em quê?!

— Nada, deixa pra lá.

— Me conta.

— É pessoal, Fred. Deixa pra lá.

— Tudo bem, se você prefere assim.

Eles ficaram um tempo em silêncio, até Lena retomar a conversa:

— E você descobriu mais alguma coisa?

— Na realidade, descobri, sim, mas acho melhor a gente entrar e conversar lá dentro.

— Tudo bem!

—Oi, Fred! Oi, Lena!

— Nossa, nós mal entramos na sala. Como você sabia que éramos nós?

— Cadu e eu instalamos uma câmera ontem. Agora ele consegue ver quem chega antes de entrar na sala.

— Que legal!

— Billy viu vocês lá na entrada. Lena e Fred parecem namorados.

Fred pigarreou, sem graça. Lena sorriu, de lado.

— Nada disso, Billy. Eu e a Lena somos apenas amigos.

Ela olhou para ele com um ar distante.

— Fred tem outro cartão perfurado para o Billy decodificar?

— O que ele disse, Fred?

— É sobre aquele cartão que eu achei ontem.

— O que tem ele?

— Eu vou te contar...

— Esses códigos parecem senhas. Será que não são a senha de algum site? Ou até mesmo a senha do tal banco de dados?

— Boa, Lena! Você tem razão. Eu não tinha pensado nisso!

— Uma mulher é sempre útil na vida de um homem — respondeu ela, debochando.

— Billy pode registrar essa frase?

Fred riu.

— Não, Billy, é melhor, não. Nem todo mundo concorda com essa visão.

— Nem todo mundo concorda em enxergar?

— Ele está te confundindo, Billy. Essa visão que ele falou quer dizer ponto de vista, aliás, isso é algo muito usado pelos escritores. — Fred fez uma careta. — Mas ele não quer que você registre a frase, porque ele é um machista.

— Eu não sou machista.

— Então, por que não concorda comigo?

— Porque as mulheres só complicam a nossa vida.

— Isso não é verdade.

— Ah, vamos parar. Não tem sentido essa discussão.

— Nós não estamos discutindo, mas estou percebendo que você está preocupado, e que essa rebeldia é mais do que machismo. O que está havendo?

Fred olhou fixo para Lena, depois para Billy, que circulava pelo quarto dele em sua cadeira de rodas.

— Talvez eu esteja de mau humor, mesmo, desculpe. É que sinto que minha vida vai ficar mais complicada ainda daqui pra frente, em razão de uma mulher que eu nem conheço...

Lena franziu a testa.

— Que mulher?

— A namorada do meu pai.

— Namorada?! Como assim?

— Meu pai me disse que está namorando e, sabe o que mais?

— Não...

— Que está pensando em se casar! Pode uma coisa dessas?

— Qual o problema, Fred? Seu pai não está separado da sua mãe?

— Está. Mas nós nem conhecemos essa mulher.

— Você não a conhece e já está achando que ela é a bruxa da Branca de Neve.

— A bruxa da Branca de Neve mora perto do Fred?

— Seu enxerido, você está prestando atenção na nossa conversa? — ralhou Fred.

— Enxerido? Enxerido. Definição: 1. que se enxeriu; cravado, inserido...

— Billy, não precisa verificar todo o dicionário. Eu quis dizer que você era intrometido.

— Billy sabe o que é intrometido. Intrometido é alguém curioso, indiscreto, bisbilhoteiro, mas Billy não é isso. Billy só registra todas as conversas.

— Está certo, Billy. Eu é que ando meio sem paciência.

— Fred perdeu a paciência com Billy?

Fred teve vontade de abraçar Billy se isso fosse possível.

— Não, Billy. Desculpe, viu? Eu é que não estou no melhor dia.

— O que é um melhor dia?

Fred deu uma risada mais à vontade.

— Acho que não dá pra falarmos sobre problemas de comportamento usando lógica, não é?

Fred olhou para Lena, percebendo que havia algo a mais no comentário da amiga, que prosseguiu:

— Billy, as pessoas possuem sentimentos que podem

fazê-las se sentir mais alegres ou mais tristes. Nos dias em que estamos mais alegres, podemos dizer que estamos num bom dia. Um dia muito alegre pode ser nosso melhor dia. Da mesma forma, se estamos mais tristes, podemos dizer que estamos num mau dia. E um dia muito triste... pode ser nosso pior dia.

— Billy teve um mau dia.

Lena se surpreendeu:

— Qual?

— O dia em que o Mack falou que o William estava morto.

Lena e Fred se entreolharam, enternecidos.

— Mas quem sabe isso não é verdade, não é, Billy? — Lena consolou.

— Mack é um mentiroso!

Eles riram.

— Ele tem todo jeito de ser um mentiroso, Billy. E eu vou dar um jeito de provar isso.

— Billy teve um bom dia.

— E qual foi? — Foi a vez de Fred ficar curioso.

— Quando Billy entrou na turma do CP-500!

— Está boa a pizza? — perguntou Lena.

— Está, sim — respondeu Fred, antes de dar uma garfada em mais um pedaço de pepperoni.

— Eu fiquei impressionada com o raciocínio do Billy.

— Ele é fantástico, não é? Você percebeu que algumas frases traziam a ideia de que ele estava começando a ter sentimentos?

— Sim, percebi, mas isso é impossível, ele é uma máquina.

— Depende do que possa ser visto como impossível. O que é o sentimento pra nós, humanos, se não uma lógica, uma combinação química?

— É muito mais do que isso, Fred!

— Não foi assim que minha mãe me ensinou.

— Sua mãe te ama.

— Ah, sim, na conta matemática dela, a minha soma dá zero, enquanto as outras somas deram valores muito maiores.

— É por isso que você não quer que seu pai se case, ou você tem esperança que ele e sua mãe voltem?

— Não, nem uma coisa, nem outra. Meu pai e minha mãe já não têm mais nada a ver. A única pessoa que acha isso é a Carol.

— Sério?! Ela espera que os pais reatem?

— Espera. Acho que sonha com isso todos os dias. Logo depois de sonhar com a mamãe entrando pela nossa porta.

— E você acha isso possível?

— Ela entrar pela nossa porta?

— Não! Ela reatar com seu pai.

— Não vejo, não. Papai já não gosta mais dela. Mas é estranho pensar que ele está gostando de outra pessoa, que outra mulher vai entrar em nossa casa, vai querer dar ordens, vai querer bancar a nossa mãe.

— Ela pode não querer fazer nada disso, apenas conviver numa boa com vocês.

— Duvido.

— Você não pode julgar uma pessoa que nem conhece.

— Do jeito que você fala, parece que você sabe quem é.

— Eu?! Claro que não. Que ideia!

— Mas vamos deixar esse assunto pra lá. Acho melhor a gente terminar de comer e voltar, Ok?

— Você é quem sabe! — respondeu Lena, abaixando o rosto para seu prato.

Capítulo 13

Rio de Janeiro,
Segunda-feira, 18 de abril.

As aulas da semana começaram e ninguém comentou sobre o assunto Mack. Toda escola só pensava e falava no campeonato que aconteceria no dia seguinte. Fred também evitou falar no assunto, pois não queria atrapalhar a animação nem a vida dos colegas.

A primeira aula foi do professor Afrânio. Seu mau humor era visível. Começou a aula mandando os alunos lerem um capítulo inteiro da apostila de História do Brasil que falava sobre o Brasil República e a Revolução de 1930, para entregar, ao final da aula, uma proposta de redação a ser feita com, no mínimo, trinta linhas. Isso, claro, sem que qualquer ruído fosse ouvido em sala. Durante os dois tempos de aula, só as páginas sendo viradas e os pigarros do professor Afrânio foram ouvidos entre as paredes da turma do nono ano.

Na hora do intervalo, os alunos estavam esgotados. Gui queria falar sobre o campeonato, mas parecia haver um clima pesado no ar. Lena tentou animar os colegas, porém pouco conseguiu melhorar. Era como se todos quisessem perguntar sobre o que fariam com relação ao Mack e ao Billy, mas ninguém tivesse coragem de voltar a tocar no assunto.

Depois do intervalo, a primeira aula foi do professor Boanova, que também chegou muito irritado. E, como consequência, aplicou um teste surpresa. A turma ficou tão agitada, que quase começou perdendo ponto antes mesmo de escrever o primeiro valor. Matemática era o terror dos alunos. E considerando a cara de poucos amigos do professor, esse teste estava fadado ao fracasso.

Se Billy estivesse analisando aquela segunda-feira, certamente concluiria que tinha sido um mau dia para a maioria da turma do CP-500.

— Guardem o material — avisou Boanova. — Só quero caneta sobre a mesa.

Fred pegou seu caderno e, quando o levantou, um envelope preto caiu no chão. Lena e Gui, que estavam na fileira do lado, avisaram para ele.

Fred pegou o envelope no chão e abriu antes de guardar. Dentro, estava um novo cartão perfurado. Ele tinha certeza de que era novo, pois o anterior estava bem guardado na casa de Billy.

— Fred, algum problema? — falou o professor da sua mesa.

— Não, professor. Apenas estava verificando...

— Verifique suas coisas em casa. Agora, guarde logo seu material.

— Sim, professor. Desculpe!

Fred olhou para os amigos com uma cara de surpresa e guardou depressa o material. Mas foi difícil se concentrar nos cálculos de potenciação e radiciação, pois só o que ele queria era decodificar o cartão. Fred acabou sendo o último a entregar o teste. Depois da aula de matemática, eles estavam dispensados, pois o último tempo era de informática, e o professor Hórus continuava viajando.

Ao entregar seu teste ao professor, Fred teve vontade de perguntar se ele havia contado para a diretora sobre a conversa que tiveram, mas devido à expressão do professor Boanova, achou melhor não tocar no assunto.

Na saída, todos os seus amigos queriam saber o que tinha acontecido, pois ele e Lena eram sempre os primeiros a entregar os testes e as provas.

— Eu estava com dúvidas — justificou-se Fred.

— Nem vem. Você tem horas que parece saber mais do que o professor — Cadu comentou e todos riram.

— Tá certo. Vamos até a biblioteca que eu explico.

Sentados em uma das salinhas reservadas, Fred mostrou o cartão perfurado.

— Sim, foi aquela coisa que você achou na sexta-feira — notou Gui.

— Não. Esse é outro.

— Outro?! Você achou outro envelope? — perguntou Lena.

— Não exatamente. Colocaram esse envelope dentro do meu caderno.

— Quem teria feito isso? — perguntou Gui.

— Será que o Mack teria entrado na sala e mexido no seu material? — sugeriu Lena.

— Mack?! — perguntou Cadu, incrédulo.

— Sim, só pode ter sido ele — concluiu Fred.

— Ah, qual é, Fred, você já cismou com isso. Tudo agora vai ser culpa desse cara. Esquece essa neura — reclamou Gui.

— Espera, Gui. Fred não estaria dizendo isso se não tivesse certeza.

— A Lena tem razão. Eu estava com o Fred quando o Billy traduziu o outro cartão — revelou Cadu.

— Não estou entendendo nada — disse Gui.

— O Mack assinou a mensagem que estava no outro cartão perfurado — adiantou-se Lena.

Todos se entreolharam.

— Mas não havia nada escrito naquele papel. Ou havia e eu não vi? — perguntou Gui.

Fred então explicou sobre o cartão perfurado e como ele era decodificado. Contou, também, do programa que Billy tinha lhe dado.

— Você está com ele aí, Fred? — perguntou Lena.

— Estou.

— Então, trata de descobrir o que está escrito nesse novo cartão.

Fred começou a converter coluna a coluna, anotando cada letra. Logo, a mensagem tomou a forma de uma sequência de letras, a princípio, sem sentido.

"ESTAREINAARQUIBANCADANOSET1DEOL HOEMVOCESMACK"

Lena foi analisando a massa de texto e colocando barras que iam, pouco a pouco, separando as palavras.

"ESTAREI|NA|ARQUIBANCADA|NO|SET|1|DE|OLHO|EM|VOCÊS|MACK"

— Ferrou! Ele nos descobriu! — disse Cadu.

Todos ficaram em silêncio, até que Gui foi o primeiro a falar.

— Então, vamos ter que pegar esse cara antes que ele nos pegue.

Todos olharam para Gui, sabendo que a mudança de atitude do amigo indicava mais do que coragem, indicava que eles estavam em perigo.

Capítulo 14

Rio de Janeiro,
Terça-feira, 19 de abril.

O dia da competição chegou. O colégio Ilíada estava em festa, afinal, estava fazendo parte do projeto do Governo que visava às próximas Olimpíadas. O Ministro dos Esportes dera uma declaração dizendo acreditar que vários atletas poderiam estar "escondidos" nas salas de aula dos colégios públicos e particulares. E, de maneira similar ao que acontece nos EUA, lançava uma medida que tinha por objetivo associar estudo com esporte, garantindo bolsas para os melhores atletas, não só para treinar em clubes oficiais, como para fazer faculdades públicas. Mas ele fez questão de lembrar que nota também seria um diferencial na escolha desses atletas para esse novo tipo de cota.

Por isso foi estipulada uma Lei de Incentivo ao Esporte, para que empresas pudessem patrocinar competições que revelariam talentos, nos colégios públicos e particulares.

Os alunos estavam nervosos, agitados. A competição duraria três dias, com um intervalo de uma semana entre as etapas. No vôlei, times masculinos e femininos se enfrentariam com times de outros colégios cariocas. No tiro com arco, os rapazes e as moças atirariam a 30 metros, pois se enquadravam na categoria juvenil. Seriam classificados para a final os quatro melhores arqueiros, independentemente de serem do sexo masculino ou feminino.

O time feminino de vôlei que representava o Ilíada tinha doze alunas, entre elas Lena e Carol. O time masculino trazia o mesmo número, incluindo os amigos Fred, Cadu e Gui. Todos os cinco ocupavam posição de titulares. Carol era a levantadora do seu time e Lena era a líbero. No masculino, Fred, Gui e Cadu eram atacantes. Para as competições de arco e flecha, havia outros dez alunos inscritos, todos do nono ano.

A mensagem de Mack não deixava claro em qual jogo ele estaria na arquibancada, se no das meninas ou no dos rapazes. Não podia ser na competição do arco e flecha, pois não existia set nesse esporte. Eles combinaram então que o grupo que ficasse de fora fotografaria a quadra e a arquibancada. Não seria uma tarefa fácil, pois o professor Mauro exigia que eles se mantivessem concentrados e aquecendo, mas era o que lhes restava.

O primeiro time a competir foi o feminino.

Ao passarem, em direção à quadra, receberam os cumprimentos da diretora, do professor Boanova e do subdiretor, professor Afrânio.

Fred afastou-se do grupo sem tirar os olhos da arquibancada. Ninguém parecia suspeito. Apenas pais, professores e amigos dos alunos estavam ali. Sem ter como chegar a nenhuma conclusão, restou-lhe tirar várias fotos do público, para que, depois, com calma, eles pudessem analisar o resultado.

As meninas venceram o outro colégio com certa facilidade, num placar de 25 a 17 e 25 a 20. Chegou a vez do time masculino entrar em quadra. Fred errou algumas bolas no início, que foram corrigidas por seus companheiros. O time conseguiu abrir uma vantagem de cinco pontos. Mas quando estavam em 15 a 10, Fred resolveu dar mais uma olhada para a arquibancada e errou a recepção do saque adversário. Numa sequência de erros, o outro time empatou o jogo. O professor Mauro pediu tempo e deu uma bronca neles, bronca esta que foi reproduzida por Gui, especialmente em Fred.

Mantendo um ponto de vantagem, o time masculino do Ilíada chegou aos 20 pontos. Ao esperar o saque do time adversário, Fred olhou mais uma vez para a arquibancada e teve a certeza de ver o professor Hórus, chefe do departamento de TI e também professor de informática. Era muito estranho, pois a secretaria ainda confirmava que ele estava viajando. A distração custou uma não cobertura do bloqueio, seguida de um saque para fora e uma recepção falha. Logo o time adversário colocou três pontos à frente.

O professor Mauro não teve escolha a não ser substituir Fred, mas Henrique, aluno do oitavo ano, também estava muito nervoso e errou duas bolas, permitindo que o time adversário chegasse ao set point. Com algum esforço de Gui, eles salvaram várias bolas, mas, num erro de saque de Henrique, o time adversário fechou o primeiro set em 28 a 26.

Fred não notou nenhum dos lances finais do primeiro set. Sua atenção estava presa na arquibancada. Não existia mais sinal do professor Hórus, mas ele tinha quase certeza de que não tinha sido uma alucinação sua, e esse "fantasma" estava relacionado a Mack.

A turma do CP-500

Quando o time trocou de lado para o segundo set, eles ganharam alguns minutos para hidratação. Fred aproveitou para procurar Carol e perguntar se ela havia fotografado bastante.

— Sim, Fred, tirei várias fotos.
— Você notou se...
— Foi um grande jogo nesse primeiro set, mas vocês podem fazer melhor no segundo — a diretora Sacramento sentenciou, aproximando-se deles.
— Claro, diretora, vamos melhorar — justificou-se Fred.
— Tenho certeza. Percebi quanto você estava nervoso, Frederico, mas sei que pode fazer melhor.
— Vou me esforçar, diretora.
— Gostaria de fazer uma pergunta a vocês. — Fred e Carol se entreolharam, temendo a expressão séria da diretora. — Por que vocês estavam tirando tantas fotos e por que você, Fred, olhava tanto para a arquibancada?

Fred ficou sem saber o que responder e olhou de Carol para a diretora enquanto o professor de matemática se juntava a eles.

— E então, vocês não vão me responder? E não adianta desmentir, pois eu e o professor Boanova vimos muito bem.
— As fotos, professora — Carol tomou a palavra —, são pra enviar pra minha mãe.

Nesse instante, os irmãos perceberam o semblante de Sacramento aliviar. Para Carol, significava que, pelo ângulo que ela usara para bater as fotos, não dava para saber se fotografava a quadra ou a arquibancada.

— E Fred estava procurando nosso pai. Ele prometeu

que tentaria vir, mas não garantiu. Apareceu uma reunião de última hora com o diretor dele, marcada hoje de manhã.

— Não se chateiem, crianças! Ele conseguirá ver a final e tenho certeza de que o seu time, meu rapaz, estará lá. Vai, Frederico, você tem um jogo pra vencer — disse Sacramento, demonstrando se sensibilizar com a situação.

— Obrigada, diretora — respondeu Fred com a cabeça um pouco baixa.

Quando Sacramento e Boanova se afastaram, Carol sussurrou:

— Você está me devendo uma, maninho!

— Você não mentiu. O papai realmente teve essa reunião.

— É, mas você não estava procurando por ele na arquibancada, não é mesmo?

Fred não respondeu e se juntou ao time, que estava reunido, recebendo instruções do professor Mauro para retornar à quadra. Já de volta, eles se abraçaram e os colegas disseram que não sabiam que problema o estava deixando mal, mas precisavam dele. Fred se sentiu culpado por só pensar em si mesmo e prometeu aos amigos que daria o seu melhor.

Ele começou novamente como titular e decidiu canalizar todas as suas frustrações no seu saque viagem. A bola caiu entre dois jogadores do time adversário, oferecendo o primeiro ponto num belo ace. O time vibrou muito e comemorou mais ainda a recuperação do companheiro.

O segundo e o terceiro saques foram tão fortes que prejudicaram a recepção adversária. O segundo ponto foi conseguido pelo bloqueio e o terceiro ponto, após Fred defender o ataque que veio pela diagonal, saiu da bola que o levantador colocou de costas para Gui encobrir o bloqueio.

O quarto saque ficou na rede, mas não importava, pois os três primeiros pontos de vantagem, logo no início do set, levantaram o moral do time.

O segundo set foi fechado em 25 a 17, e bastava um set para eles vencerem a partida, numa melhor de três. Com jogadas primorosas que fizeram a arquibancada delirar, eles conquistaram o terceiro e último set por 25 a 22.

Fred nem teve tempo de pensar em Mack, tamanha foi a comemoração no colégio Ilíada. Uma festa tinha sido programada pela diretora, confiante na vitória de seus alunos. Ela estava tão relaxada, que, em nada, parecia a diretora que os ameaçara no auditório dias antes.

Solange, a mãe de Lena, foi assistir à filha jogar, mas Fred estranhou o comportamento dela, parecendo pouco à vontade, ou talvez tentando se mostrar simpática com todos, o que era desnecessário. Por esse comportamento, Gui se entusiasmou e resolveu usar o pôster do ex-jogador Montanaro para ter acesso à casa de Lena.

— Claro, Guilherme. Vamos fazer o seguinte. Vou preparar um lanche no final de semana pra comemorar a vitória de vocês. Fred, Carol, venham também... E podem trazer o pai de vocês. Cadu, você também. E convide seu Ari.

— Obrigada, dona Solange. É capaz de meu pai estar de serviço — lembrou Cadu.

— Então, venha só você. E vocês — apontando para Fred, Carol e Gui.

Era uma boa oportunidade para Fred ficar mais tempo com Lena, porém saber que seu amigo também estaria lá o desanimava.

— Vamos ver — falou Fred.

— Vocês querem uma carona pra casa?

Os amigos se entreolharam e Lena tomou a iniciativa.

— Claro que querem. Espera um minutinho, mãe. É só o tempo de a gente tomar um banho.

Quando chegaram ao vestiário, encontraram um falatório exagerado na porta.

— Eduardo, o que aconteceu? — perguntou Fred quando o viu revoltado indo em direção às quadras.

— Isso deve ter sido coisa dos moleques do outro time. Não aceitam perder! Mas vou agora mesmo reclamar com a diretora.

— O que aconteceu, cara? — insistiu Fred.

— Reviraram nossas coisas e jogaram tudo no chão. Cara, tá uma bagunça só lá dentro.

— Roubaram alguma coisa?

— Não, pelo que deu pra ver, não. Os garotos que já foram embora, sem tomar banho, disseram que estava tudo direito. Dá uma olhada nas coisas de vocês.

Fred, Cadu e Gui estavam confusos com a situação. Só havia uma forma de descobrir o tamanho do problema. Entraram no vestiário e perceberam que, de fato, a situação era terrível. Camisas, cuecas e mochilas estavam jogadas por todo canto. Fred chegou a pegar uma mochila errada, pois era igual à sua, mas logo percebeu o engano.

— Quem pode ter feito isso? — perguntou Gui.

— Será mesmo que foram os garotos do outro time? Eles nem iam usar o vestiário — concluiu Cadu.

— Não acredito. Eu acho que... esperem, já sei quem fez isso — revelou Fred, enquanto se abaixava para pegar algo entre o armário e a parede.

Todos ficaram surpresos quando viram um envelope preto nas mãos de Fred.

— Você estava carregando o cartão com o aviso do Mack? — perguntou Gui.

— Não. Aí é que está a grande pista. Tenho quase certeza de que quem fez essa bagunça estava procurando o primeiro cartão, o que tem os códigos. E claro que não achou. E, por isso, deixou mais um presentinho pra nós — explicou Fred.

— Um novo cartão perfurado! — exclamou Cadu, num sussurro.

Do lado de fora do vestiário, um novo burburinho tinha se formado. O mesmo problema havia acontecido no banheiro das meninas; todos os pertences delas também estavam revirados. Mas, lá, nenhum envelope preto foi encontrado.

Enquanto uma grande balbúrdia tomava conta do Ilíada, os cinco amigos voltavam para casa, de carona com a mãe de Lena. Chegando ao condomínio, combinaram de se encontrar dali a duas horas na casa de pedras.

Fred foi o último a chegar e se surpreendeu com o falatório dentro da casa. Billy tinha convencido os outros a jogar batalha naval.

— Que bonito, hein! — disse Fred, rindo.

— Billy está brincando. A Turma do CP-500 é muito divertida.

Lena olhou com carinho para Billy, depois para os amigos.

— E, então, Fred, o que diz esse cartão? — perguntou Cadu.

Gui fez uma expressão de quem não tinha entendido.

— É lógico, Gui, que o Fred já usou o programa do celular pra traduzir a nova mensagem.

— É verdade. Eu já tenho a mensagem.

— E o que ela diz? — perguntou Lena, temerosa.

Fred tirou um papel do bolso e leu em voz alta:

— DEIXE O CARTÃO NO VESTIÁRIO, ÀS 6 DA TARDE. VÁ SOZINHO.

Capítulo 15

A mensagem não podia ser mais clara. Estavam todos preocupados, mas Lena era a mais apreensiva:

— Fred, você não pode ir sozinho. E se esse bandido estiver armando alguma coisa?

— Talvez não, Lena. Ele disse apenas pra levar o cartão. — Cadu estava tentando raciocinar friamente. — Às seis da tarde, o colégio acabou de fechar. Eu tenho uma ideia. A diretora disse que já podemos sacar o dinheiro da bolsa-atleta. Meu pai está precisando dessa grana; e tem um banco ao lado da escola. A gente passa lá, pega o dinheiro, e depois o Fred entra no Ilíada e nós ficamos do lado de fora, vigiando, enquanto ele devolve o cartão.

Durante alguns segundos, ninguém teve coragem de comentar. Mas parecia que era a única opção possível.

— Se nosso pai sabe que você está se metendo nessas coisas, é capaz de te matar.

— Ele não vai saber se você não contar, não é, Carol?

— A Carol tem razão de estar preocupada — concordou Gui. — Não sei se o que você quer fazer é uma boa ideia.

A turma do CP-500

Sinceramente, acho que você devia jogar esse cartão fora, no mesmo lugar que o achou. Esse Mack deve mesmo estar vigiando a gente. Então, ele vai te ver jogando o cartão fora e acaba de vez essa história.

— O Mack está vigiando os amigos do Billy?

A voz de Billy pegou todos de surpresa. Ele não só prestava atenção, como decidia o momento que iria participar da conversa. Era fantástico!

— Não, Billy. Não acredito que ele esteja nos vigiando. É só um palpite do Gui — respondeu Fred.

— Mack marcou encontro com o Fred.

— Não foi exatamente um encontro. Ele quer que eu devolva o cartão no vestiário do nosso colégio. Estamos discutindo o que fazer.

— Mack não é pessoa boa. Fred precisa tomar cuidado com o Mack. Billy não gosta do Mack.

Todos encararam Billy, como se fosse o único capaz de raciocinar friamente sobre o que estavam vivendo. Cadu foi o primeiro a falar:

— Galera, vocês perceberam? O Billy deu um conselho pro Fred.

— Tem razão, Cadu. E demonstrou seu sentimento em relação ao Mack. — Fred estava muito impressionado com a evolução de Billy.

— Billy guardou sentimento mau na sua caixa de sentimentos. Billy não gosta do Mack.

— Caraca! Estou impressionado! — exclamou Cadu.

Fred, por um instante, não queria saber de Mack, mas de como a inteligência artificial tomava forma para ele:

— O William programou uma caixa de sentimentos pra você, Billy?

— Sim. William criou arquivos de armazenamento abstrato. Um dos arquivos é a caixa de sentimentos. Billy analisa e processa várias informações, executa a fórmula e, quando encontra a resposta correta, guarda o sentimento na sua caixa correta.

— Putz! Nem posso imaginar que tipo de fórmula foi essa! Mas tenho que confessar: estou impressionado! — confessou Gui.

— William tinha uma visão fantástica, Billy. Na realidade, é isso que fazemos no dia a dia. Analisamos o que nos acontece, o que as pessoas nos fazem, e é daí que guardamos as mágoas, os ressentimentos, as tristezas...

— Mas também podemos colocar nessa fórmula as alegrias, os momentos bons, não é? — interrompeu Carol.

Fred olhou a irmã com atenção. Havia muito que não estava sendo dito naquela conversa.

— Eu gostaria de conhecer essa fórmula do Billy. E bem que podíamos inventar uma fórmula diferente, do jeito que a Carol falou, em que as coisas boas pesassem muito mais pra gerar nossos sentimentos — propôs Cadu.

— A fórmula que o Billy usa está errada?

— Não, Billy — respondeu Gui, e todos se surpreenderam com sua nova naturalidade em conversar com o computador. — Não tem fórmula errada. Cada pessoa tem a sua, porque não somos iguais.

Lena, aproveitando o gancho, completou:

— Sua fórmula poderia ou não ser melhorada, como todos nós também podemos complicar menos as coisas.

Fred deu um sorriso para os amigos.

— O que você vai fazer, Fred? — perguntou Lena, com uma expressão estranha. Não queria deixar transparecer o quanto estava preocupada com ele, mas sabia que a demonstração de "humanidade" de Billy praticamente selava a decisão de seu amigo.

— Não sei. Também não estou a fim de negociar com esse cara, mas em quem podemos confiar? E se eu não for, o que ele pode fazer?

— Cara, estamos do seu lado! — declarou Gui.

— Billy pode ajudar o Fred?

Todos sorriram.

— Talvez, Billy. Comece fotografando esse cartão perfurado. Pode ser que precisemos de uma prova. Só não sei ainda pra entregar a quem.

Da casa de pedras, os amigos seguiram direto para o colégio. Todos decidiram sacar também suas bolsas-atletas. Era um valor simbólico, um terço do salário mínimo, pago durante seis meses, mas representava muito para os alunos. Eles tinham recebido em casa um cartão especial, similar aos cartões de mesadas, acompanhado de uma senha que serviria para retirarem suas bolsas em qualquer agência do banco escolhido.

Resolveram usar os caixas eletrônicos que ficavam numa agência vizinha ao colégio. Tudo vinha correndo bem, até chegar a vez de Guilherme.

— O que você está fazendo? — perguntou Lena, ansiosa com a demora.

— Vou tirar um extrato.

— Pra quê?

— Ora, pra guardar. Vai que um dia eu fique famo... — Gui parou a frase no meio, com o papel nas mãos, completamente atônito. — Eu não acredito!

— O que você não acredita? — perguntou Fred.

— Olhem isso!

A expressão do grupo mostrava que era irreal o que constava no extrato de Gui.

— Acho que devemos falar com a diretora. Agora! — Fred sugeriu e os colegas concordaram.

Chegando ao colégio, os amigos tiveram nova surpresa. Avistaram o professor Hórus, que eles acreditavam estar viajando, saindo da sala da diretora Sacramento.

— Olá, professor, já voltou? — perguntou Lena.

— Sim, ele acabou de chegar, Maria Helena — Sacramento se adiantou na resposta.

Fred captou a mentira na hora pois tinha certeza de tê-lo visto na arquibancada.

— Eu estou indo, Sacramento, preciso resolver aquele assunto. Qualquer novidade, me ligue. Até mais, crianças.

Gui fez uma careta. Odiava quando alguém ainda se atrevia a chamá-lo de criança.

— Vocês querem falar comigo?

Cadu se adiantou para explicar:

— Sim, diretora, é sobre a bolsa-atleta.

— Já está disponível no banco. É só vocês sacarem com o cartão que receberam.

— Esse é o problema. Acho que minha bolsa está errada — explicou Gui.

— Isso não é possível. Venham à minha sala, vamos ver isso. Lenilda, segure qualquer ligação — disse Sacramento, visivelmente preocupada.

— Sim, diretora.

Sacramento se sentou enquanto o grupo permanecia em pé.

— Quanto está disponível pra você?

Gui esticou o extrato para a diretora.

— Exatamente 100 vezes mais. Bem, agora, 99 vezes, porque eu saquei antes de tirar o extrato.

— Como?! — Sacramento puxou o extrato das mãos de Gui; em seguida, levantou os óculos pendurados no pescoço com um cordão. — Isso não é possível!

Sacramento recostou-se na cadeira, pensativa, como se não tivesse mais ninguém na sala. De repente, remexeu sua gaveta, até pegar uma lista.

— Guilherme, deixe comigo seu cartão e esse extrato. Você é o Guilherme Machado ou o Santos? — perguntou Sacramento, analisando rapidamente a lista que tinha em mãos.

— Machado — respondeu Gui enquanto também olhava toda a lista.

— O que pode ter acontecido? — perguntou Fred.

— Um erro, claro. De repente, o pagamento a algum fornecedor foi depositado indevidamente. Vou checar isso, não se preocupem. Vocês podem ir agora.

Os cinco saíram, sem muita convicção. Quando já alcançavam a porta, Sacramento os chamou.

— Esperem!

Eles se viraram.

— Nem preciso dizer que não é pra comentarem esse assunto com os outros alunos, não é?

— Claro, diretora! — antecipou-se Lena, olhando diretamente para seus amigos.

Foi em silêncio que os cinco chegaram ao pátio. Cadu, Lena e Carol perceberam o quanto Gui e Fred estavam estranhos, até que Gui foi o primeiro a falar.

— Vocês viram o mesmo que eu?

— O quê? — perguntou Lena, sem entender.

— Talvez eu saiba do que ele está falando — adiantou-se Fred. — Só há um Guilherme no time e não dois, como estava na lista da diretora.

Cadu se surpreendeu:

— Sério?! E o que isso significa?

— Que temos mais uma pista?! — arriscou Lena.

— Mais que uma pista.

— Por que você diz isso, Gui? — Fred entendeu que o amigo tinha percebido mais do que ele.

— Quando olhei a lista, notei que existiam três Eduardos, dois Guilhermes e dois Fábios.

— E daí? — perguntou Carol, impaciente.

— Eu lembro bem. Durante a chamada no auditório, só foi chamado um Eduardo e um Fábio. Logo depois, o Guilherme — revelou Lena, com um sorriso de triunfo.

— Então, a lista tem alunos fantasmas — concluiu Fred.

— Isso aí! — Foi a vez de Guilherme confirmar.

Capítulo 16

Fred abriu a porta sem fazer barulho. Como desconfiava, não tinha ninguém na sala de TI. A ideia surgiu quando eles viram o único funcionário, na realidade, um estagiário, pedindo um lanche na cantina. Ele pegou um pedaço de papel e escreveu, com letra de forma, um pequeno recado:

"IMPRIMA UMA CÓPIA DA LISTA DE ENVIO DOS CARTÕES E DEIXE NA SALA DA DIRETORA".

Fred ficou escondido no armário de limpeza, esperando que Mateus, o estagiário, voltasse para a sala. Quando o outro entrou, bastou-lhe espiar da porta.

Mateus pegou o bilhete, resmungou algo e se sentou à frente do computador. Fred sorriu: a sorte estava a seu lado. Depois de alguns cliques, o funcionário abriu uma planilha, ligou a impressora e clicou na opção imprimir. Um pouco antes, Fred disparou o torpedo para Lena. Para seu plano funcionar, tudo teria que acontecer de forma cronometrada. Precisava que tia Maria seguisse a sugestão de Lena e telefonasse enquanto a impressão ainda estava em andamento. Valia agradecer pela diretora ainda não ter trocado as impressoras jato de tinta por modelos a laser, o que certamente teria feito a impressão terminar mais rápido do que ele desejava.

A turma do CP-500

A quarta página começava a cair na bandeja de saída quando o telefone da sala de TI tocou. Fred voltou a se esconder. Do armário, pôde ver Mateus saindo apressado.

A ligação era da tia Maria, responsável pela cantina, avisando que havia achado sua carteira. Na verdade, enquanto ele lanchava, Gui havia esbarrado na mesa, derrubando o suco de Mateus e, na confusão, conforme o plano, jogou a carteira do rapaz ao lado da lixeira, para, posteriormente, ser encontrada por Lena, que insistiria para tia Maria ligar imediatamente para Mateus, alegando que o rapaz podia estar desesperado.

Fred entrou na sala de TI, pegou a segunda folha impressa e guardou dentro da camisa. Bastava uma folha intermediária para que ele pudesse analisar os nomes e Mateus não perceber que alguém havia mexido na impressão. Antes de sair, ele notou a luz vermelha piscando na impressora, indicando que o papel tinha acabado. Isso não estava nos seus planos. Se Mateus tivesse que conferir o que faltava ser impresso, iria perceber a falta da segunda página. A impressão precisava seguir até o final. Ele procurou em todos os lugares, mas não achou onde eles guardavam as resmas. Então, o jeito era cancelar o serviço e torcer para que o estagiário achasse que a impressão tinha acabado.

Fred acessou o computador que tinha ficado desbloqueado, cancelou o serviço de impressão que estava em andamento e, em seguida, desligou e religou a impressora, para que perdesse o spool de impressão. Quando saiu e dobrou o corredor, começou a ouvir passos na escada. Foi no segundo exato. Escondeu-se mais uma vez e esperou o estagiário do setor de TI desaparecer dentro da sala, para, enfim, ele poder ir embora.

Na praça próxima ao colégio, a lista de nomes já havia passado pelas mãos dos cinco amigos. Todos tentaram avaliar os nomes dos jogadores que estavam ali, e não foi difícil perceber que, comparando o que eles lembravam dos atletas com a página da lista dos alunos que deveriam receber os cartões, havia vários nomes que estavam sobrando naquela última.

— A gente precisa falar com a diretora — concluiu Cadu.

— E vai dizer pra ela que o Fred invadiu a sala de TI e pegou essa lista? Se liga, não é, Cadu? — repreendeu Gui.

— Não se trata nem de eu ter entrado lá. Fiz algo errado e estaria disposto a assumir meu erro se servisse para resolver esse mistério. Mas a questão é saber em quem podemos confiar. Quem garante que a diretora não está envolvida? E o professor Hórus, que fingiu que ainda estava viajando e apareceu no jogo de vôlei?

— O Fred tem razão quanto ao Hórus. Repassamos as fotos da arquibancada, aquelas que eu e ele tiramos, e nosso professor de informática aparece claramente em duas delas.

— Você acha que pode ser ele?

— Ora, Cadu, quem mais poderia gerar esses arquivos sem levantar suspeitas? — sugeriu Fred.

Todos concordaram.

— Se isso é uma fraude, eles vão levar uma bolada, pois vamos receber a bolsa por seis meses — observou Gui.

— Fred, você ainda vai levar o cartão pro Mack? — perguntou Lena.

— Agora, mais do que nunca.

Os amigos ficaram escondidos no estacionamento esperando que os últimos alunos e funcionários deixassem o colégio.

A turma do CP-500

A diretora foi a última a sair. Quando não viram mais ninguém, a não ser o zelador, Fred entrou no pátio. O combinado era ele deixar o cartão no vestiário e sair em seguida.

Depois de quinze minutos, estavam todos apreensivos. Fred já deveria ter voltado há mais de dez.

— Ele não atende o telefone. Já tentei várias vezes. Antes tocava, agora está caindo em caixa postal. Será que aconteceu alguma coisa com meu irmão?

— Não sei, mas precisamos decidir o que vamos fazer — deduziu Cadu.

— Ir atrás dele, com certeza — adiantou-se Lena, sem titubear.

— Mas... e se o zelador nos encontrar? — Era claro o motivo da preocupação de Gui.

— Então, inventaremos uma desculpa, mas não podemos deixar o Fred sozinho por mais tempo.

— É isso mesmo, Gui. Quando você demorou a voltar da casa de pedras, todos nós fomos te buscar — lembrou Carol.

Os quatro saíram do estacionamento e entraram no pátio, tentando não fazer barulho. Só a luz do chafariz de Atena estava acesa mas, mesmo assim, preferiram se manter colados ao prédio da direita, para que não fossem vistos.

Chegando ao vestiário, a luz estava apagada e não havia nem sinal de Fred.

— A porta está trancada — constatou Gui.

Carol estava apreensiva:

— Onde meu irmão se meteu?

— Será que ele está dentro do colégio? — sugeriu Cadu.

Todos olharam em volta, sem saber o que dizer. Lena bateu na porta do vestiário, mas não houve resposta.

— O que vocês estão fazendo aqui? — gritou o zelador ao surpreendê-los.

— Nós, nós... — gaguejou Gui.

— Nós estamos procurando o Fred que ainda não voltou pra casa — antecipou-se Lena.

Os colegas a olharam, tentando captar qual era a linha de raciocínio que ela havia adotado em relação ao zelador.

— É, ele disse que tinha vindo treinar — mentiu Carol.

— Não tem Fred nenhum aqui. A escola está fechada. Peraí, como vocês entraram, então?

Um silêncio tomou conta do grupo. Quando Lena pensou em responder, ouviram alguém chamar de dentro do vestiário.

— Gui, Lena, são vocês?

— Fred?! — perguntou Lena, aliviada.

— O que é isso? O que esse menino está fazendo aí dentro?

O zelador, atordoado, mexeu no seu molho de chaves até encontrar a que abria a porta. Quando Fred saiu, Carol pulou no seu pescoço, tão aflita que estava.

— Está tudo bem — disse Fred a todos para tranquilizá-los.

— O que você estava fazendo aí, menino?

— Eu voltei ao colégio pra procurar... meu celular, mas alguém me trancou e eu... eu não percebi, pois estava usando o banheiro. Depois, a luz foi apagada e, sem ter o que fazer, dormi.

— É, sempre tranco o vestiário, mas não podia imaginar que tivesse alguém aí dentro.

— Pois é, seu Francisco, imagine se a diretora fica sabendo que o senhor trancou um aluno no vestiário, e logo o astro do time de vôlei — vociferou Gui, indignado.

Fred se surpreendeu com a declaração do amigo, afinal, se tinha algo que não era verdade, era ser ele o melhor jogador do time. O time só possuía um astro e todos sabiam que era Guilherme.

— Tá certo, tá certo. Não vou falar nada. Agora, já pra casa.

— Mas, antes... o senhor não viu meu celular por aí? — perguntou Fred. Oss amigos olharam pra ele, surpresos.

Seu Francisco, então, resolveu circular com eles a fim de procurar o celular e, para surpresa de todos, encontraram-no caído ao lado da piscina.

— O que aconteceu, Fred? Pelo menos agora eu sei por que não atendeu nossas ligações — perguntou Lena assim que saíram do colégio.

— Sinceramente, nem sei direito. Só sei que mal tinha entrado no vestiário, alguém me agarrou por trás, colocou um troço no meu nariz e eu apaguei.

— É melhor falarmos pro pai te levar num médico.

— Nada disso, estou bem, já disse.

— E o Mack levou o envelope? — perguntou Gui.

— Sim, o envelope e o meu celular.

— Sorte sua ele ter deixado seu celular na piscina. O papai ia te matar se você perdesse esse smartphone.

— Pelo menos, agora podemos largar isso de mão. O Mack tem o cartão dele e nós podemos ficar longe dessa maluquice — declarou Gui, aliviado.

Fred fez uma cara estranha, para, em seguida, corrigir o amigo:

— Não exatamente.

— Como assim "não exatamente", Fred?

— Eu, na última hora, resolvi não devolver o cartão. Quando fui para casa, troquei os envelopes.

Guilherme esmurrou o ar de raiva, para, em seguida, andar em círculos, com as mãos na cabeça.

— Tá maluco, cara? De que adianta a gente ficar com um cartão que nem sabe o que significa?

— Não sei... Tive uma intuição. Talvez ter essa prova em mãos seja mais importante do que a foto que o Billy tirou.

— Você está perdendo o juízo! Isso é loucura! — insistiu Gui.

— Talvez seja, mas acho que estamos mais perto do que nunca de descobrir por que esse Mack está fazendo tudo isso. Estive pensando e acho que aqueles números podem ser o número de uma conta. E isso pode ter toda a relação com a lista de atletas fantasmas. Imagine que cada aluno fantasma desses receba um valor como aquele que apareceu na sua conta!

— Cara, você vai nos colocar em fria! — Gui não aceitava a decisão do amigo.

— Não, Gui, só preciso de mais um ou dois dias e descubro quem é esse Mack.

— Mas amanhã é feriado e você esqueceu que vamos todos pra casa que meu pai tem em Angra?

— Caramba, Gui, pior que, com essa confusão toda, eu realmente tinha esquecido — ele parou um instante, até decidir. — Ok, vamos ao feriado. Só preciso dar uma passada rápida no Billy pra checar uma coisa.

A turma do CP-500

A turma foi ficando empolgada com o final de semana prolongado nas águas verdes de Angra. Com isso, se esforçaram, no caminho de casa, para não pensar no problema Mack. Contudo, mal sabiam que ele estava bem perto.

O grupo não percebeu que, no atalho deserto que levava ao condomínio, havia um carro todo apagado, com um motorista de sobretudo preto, que os seguia durante todo o trajeto.

Capítulo 17

— Você tem alguma lista de bancos e agências?

— Billy não tem. Billy sabe procurar.

— Billy, temos o código A1523C11345S0709 pra tentar decifrar. Vamos lá, amigo, me traga o que puder.

A pesquisa de Billy trouxe uma lista de bancos e agências, retirada do site do Banco Central. Buscando o número 1523, que Fred desconfiava ser de uma agência, acharam quatro bancos. Todos os bancos possuíam site com o acesso ao Internet Banking. Em duas delas, bastava digitar o número da agência e da suposta conta, no caso, 11345, que, se ela existisse, traria o primeiro nome do correntista. Em outras duas, ele pedia a senha sem dizer se era uma conta válida. Com isso, eles eliminaram os bancos que identificavam o correntista, pois os sites retornaram a mensagem de erro, avisando que a conta/agência estava errada. Sobraram dois bancos. Tentaram a numeração completa, colocando 0709 como senha. Mas todos devolveram uma mensagem dizendo que os dados estavam inválidos.

A turma do CP-500

Fred e Lena caminhavam sozinhos. Carol tinha ido à frente, com Cadu, enquanto Gui ficara em casa, pois precisava ajudar a mãe, que viajaria um dia antes, para verificar se tudo estava em ordem na casa de praia.

— Não desanima, Fred — disse Lena, enquanto eles voltavam para casa.

— Lamento que essa ideia não tenha vindo antes de eu ter a oportunidade de devolver o cartão pro Mack.

— Você tentou, Fred. Acho que, na segunda-feira, você deveria fazer o que o Gui sugeriu. Jogar esse cartão do lado do chafariz.

— Talvez seja o melhor a fazer. Se eu não fosse viajar...

— Você não está pensando em não ir a essa viagem, não é? — perguntou Lena, parecendo desapontada.

— Você gostaria que eu fosse?

— Claro! — Ela disfarçou ao completar: — Gostaria que todos vocês fossem.

— Ah, entendi.

Quando Fred se despediu de Lena, na porta do prédio, um carro de entregas deixou a esquina da rua, revelando um vulto de sobretudo preto, que estava logo atrás.

```
Rio de Janeiro,
Quinta-feira, 21 de abril. 8:40
```

— E as provas? Já saiu o resultado?

— Não — respondeu Gui ao pai sem querer muito papo. Ele, o pai e os quatro amigos seguiam numa pick-up

Toyota pela Rio-Santos, em direção à casa que ficava a meio caminho entre Mangaratiba e Angra, num condomínio com praia privativa. A bronca de Gui era porque Sérgio tinha insistido para ele ir sentado na frente. E sua intenção era ter ido atrás, ao lado de Lena. Gui não sabia por que ficava tão incomodado por Lena estar ao lado de Fred. Quem não estava nem aí para esse triângulo eram Cadu e Carol.

— Mas alguns professores já entregaram as notas. Só está faltando a correção dos professores Hórus, Celeste e Boanova — Lena completou a informação.

— Eles são de qual matéria mesmo?

— O Hórus é de história; a Celeste, de artes, e o Boanova, de matemática.

— Ah, isso mesmo. Eu lembro vagamente deles. Vocês sabiam que vários professores do Ilíada já foram alunos de lá?

— Verdade, seu Sérgio? — perguntou Fred, interessado.

Não sabia o porquê, mas aquela informação tinha soado como uma pista para ele.

— Verdade, Frederico. Aliás, seu pai deve conhecer vários deles, pois o Alberto também foi aluno do Ilíada. Lembro uma vez em que nós estávamos na sala da Sacramento e ele mostrou uma foto dele e dos colegas, na parede da antessala.

— É mesmo, eu já vi essas fotos, mas não tinha reconhecido nenhum professor entre elas.

Talvez valesse uma nova olhada.

Mesmo com o trânsito pesado de um feriadão, a viagem transcorreu sem problemas e com melhores humores. Fred tinha desviado sua atenção para aquela ligação entre os professores e, com isso, Lena se sentiu abandonada. Sobrou-lhe, então, puxar assunto com Gui, que aproveitou para monopolizar sua atenção até chegarem à casa de praia.

As águas calmas e verdes da praia de Angra estavam agitadas com os mergulhos sincronizados de Gui, Cadu e Fred, que disputavam pequenas corridas de nado crawl. Carol e Lena decidiram permanecer na areia, se bronzeando.

— É tão raro ver o Fred assim, solto, brincando.

— Você tem razão. Também reclamo da mesma coisa. Meu irmão é sério demais. Não dá pra saber o que ele está pensando...

— Ou o que está sentindo... — sussurrou Lena.

— O que você disse? — perguntou Carol.

— Não, nada.

A tarde foi gasta com um treino de vôlei. Fred não pôde deixar de pensar que havia sido num treino assim que eles tinham descoberto Billy dentro da casa de pedras.

No final da tarde, Carol convenceu todos a armarem um campeonato de buraco. Era sua chance, já que o irmão nunca queria jogar com ela.

Carol fez par com Cadu e Lena jogou com Gui, que se ofereceu na frente de Fred assim que soube que ela jogaria.

A partida avançou até quase nove horas da noite. Entremeada com brincadeiras, todos se divertiram, até mesmo Fred, que estava do lado de fora, dividindo seu pensamento entre Billy e a distância cada vez maior de Lena.

Ana Cristina Melo

Angra dos Reis,
Sexta-feira, 22 de abril. 9:30

Crianças corriam na areia, rapazes jogavam uma pelada no gramado em frente às casas do subcondomínio Vilage I, outros desviavam das crianças para jogar uma partida de frescobol na areia. O mar estava repleto de lanchas e jet skis. O céu azul se completava com a Ilha Grande desenhada no mar. Cadu e Carol caminhavam em direção ao píer, até que se sentaram sobre as pedras para apreciar a vista.

— É lindo isso aqui, não é? — comentou Carol.

— É verdade.

— Acho que seria capaz de morar num lugar assim.

— Sabe que eu também? Um dia, quando eu for um advogado famoso, quem sabe venho morar aqui? Posso morar aqui só nos finais de semana ou morar aqui e trabalhar no Rio. Adoraria pegar a estrada todo dia.

— Estrada só é bom sem engarrafamento.

— É, você tem razão, mas, se não der certo, posso fazer um concurso e me tornar promotor. Assumo uma promotoria em Angra e trabalho aqui do lado.

— Nossa, não podia imaginar que você tivesse planos desse tipo pro futuro! Nem que tivesse tantos conhecimentos nessa área.

— Tenho muitos planos, Carol. Sempre quis ser advogado, desde pequeno. Pesquisei tudo sobre a vida jurídica. Sei tudo que um advogado, um promotor ou um juiz fazem. Meu padrinho era advogado, sabia?

— Não, não sabia.

— Infelizmente, ele morreu cedo. Mas ele evitou que meus pais perdessem tudo que tinham construído por um erro idiota.

— É, o que aconteceu?

— Meu pai tinha um homônimo...

— O que é isso?

— É uma pessoa que tem o mesmo nome que você.

— Ah, entendi.

— Então, esse homônimo era bandido, deu golpes no mercado, e meu pai, quando foi fazer uma prestação de uma geladeira, descobriu que tinha uma dívida imensa associada ao nome dele. Em algum momento, alguém fez a pesquisa por nome e não por CPF, e meu pai estava com um processo contra ele que o faria perder nossa casa e ainda ficar devendo.

— Puxa, que história!

— Mas meu padrinho foi demais. Ele conseguiu lutar até contra a morosidade da Justiça e provou que meu pai era inocente.

— Que bom que tudo terminou bem!

— É, mas foi graças a ele. Naquela época, eu tinha só sete anos, mas vi toda a angústia da minha família. Comecei a prestar atenção às profissões, em como elas são importantes na vida das pessoas.

— Como a profissão de médico... — falou Carol, encarando o horizonte.

— É. Os médicos também são muito importantes. Os médicos, os professores, os engenheiros, e tantas outras. Um médico pode dar a vida, salvar uma vida, melhorar a vida de alguém. Você já pensou nisso? E um professor, então, imagina...

— Cadu!

— Oi!

— Isso que você falou dos médicos. Sabe que você me fez ter orgulho da minha mãe?

— E você não tinha?

— Não sei, Cadu. Desde que a mamãe foi ser voluntária, só pensava nela como a pessoa que nos abandonou. E não dá pra ter orgulho de alguém assim, não é?

Cadu preferiu não responder. Carol precisava de um tempo para responder à sua própria pergunta.

```
Angra dos Reis,
Sexta-feira, 22 de abril. 17:30
```

Fred, Gui, Lena, Cadu e Carol esperavam a pizza, sentados no barzinho da vila dos pescadores. A conversa seguia, animada, de escola a jogos, livros a computadores, mas logo estacionou num assunto que mudou o clima do grupo.

— Cara, quando algum problema fica martelando na hora em que eu vou dormir é horrível, porque não consigo desligar. Imagina o Billy, ligado o tempo todo — comentou Cadu.

Guilherme deu uma golada no refrigerante e comentou:

— O Billy pode ter um raciocínio rápido sobre o que a gente fala, mas acho que ele fica meio vazio quando está sozinho, tipo... com o pensamento vazio. Aliás, se nós pudéssemos aprender a esvaziar os pensamentos em alguns momentos, seria bem legal.

— Nossa, Gui, você falou de uma forma tão sensível — observou Lena.

— Eu aprendi a curtir o Billy. E a dar valor ao potencial do nosso amigo virtual.

— Puxa, Gui, legal que você tenha entendido — comentou Fred.

— Eu não sou insensível, meu amigo! — disse Gui, parecendo contrariado.

— Nunca disse que você era insensível...

— Calma, meninos, poxa, não vamos gerar nenhum estresse. A viagem está tão boa — intercedeu Carol.

— Está mesmo! — comentou Cadu e pegou na mão de Carol.

— Está uma noite pra guardar na memória — completou Carol e apertou a mão de Cadu.

— Minha irmã tem razão. Não há motivo pra estresse. O Billy realmente é importante. E o Gui conseguiu captar a essência da inteligência dele. Não a que nós temos, mas uma inteligência criada a partir de uma lógica de computação. E tudo que ele faz é reagir a estímulos. Ao ouvir um som, ele interpreta e reage como foi programado pra tal. Não difere muito da forma como agimos, mas, no nosso caso, essa capacidade nasce com a gente, ou a gente aprende com o tempo, sem se dar conta disso. Por exemplo, se alguém fala perto de nós, ouvimos, interpretamos o que ouvimos pra ver se nos interessa ou não. Se nos interessar, decidimos se vamos responder. Se esse som for alto demais, isso vai incomodar nossa audição... — Fred parou seu discurso ao perceber Gui brincar com os dedos de Lena. — O mesmo acontece com a nossa visão. Interpretamos e decidimos se é uma imagem que vale a pena guardar.

— Acho impressionante como você tem esse raciocínio, como eu diria...

— Você quer dizer quadrado, Lena?

— Não, Fred, não é isso. É meio matemático, lógico...

— Quase como se eu agisse sem emoção.

Lena abaixou a cabeça, sem coragem para responder, mas Fred entendeu.

```
Angra dos Reis,
Sexta-feira, 22 de abril. 19:00
```

Carol e Cadu se sentaram à beira-mar, nas cadeiras que estavam na areia.

— Seu pai nunca pensou em se casar de novo?

— Meu pai já tem minha mãe, Cadu.

— Mas eles não estão separados?!

Carol demorou para responder, até que tomou coragem.

— Estão.

— Então, Carol?

— Minha maior felicidade seria vê-los juntos de novo.

— Mas, se eles se separaram, deve ser porque não tem mais nada a ver.

— Acho que foi só porque brigaram, porque minha mãe está longe.

— E, se quando ela voltar, eles não ficarem mais juntos? Você vai ter que aceitar, não é?

— Não sei se consigo aceitar. É muito difícil imaginar meu pai com outra pessoa.

— Você seria capaz de ser contra uma namorada do seu pai?

— Talvez.

— Já pensou que isso pode ser um preconceito seu?

— Não sei.

— Será que você não está confundindo a saudade da sua mãe com o desejo de querer vê-la com seu pai? De repente, a felicidade dele não é mais ao lado dela.

— Não aceito isso.

— Pensa assim, Carol: imagina que você goste muito de um garoto e seu pai decida ser contra esse namoro.

— Meu pai contra? Por quê?

— Não sei! De repente, porque esse garoto pertence a outra classe social.

— Meu pai não é uma pessoa preconceituosa.

— E você é?

— Não, eu não sou!

— Então, imagine como seria doloroso ver alguém contra um relacionamento seu?

— É, seria — ela abaixou a cabeça e completou: — Só que primeiro eu precisaria ser correspondida por esse garoto.

— Não acho difícil isso acontecer.

— Não?!

— Não. Acho que bastaria apenas você dar uma pequena pista, pra confirmar esse sentimento.

— Uma pista?!

— É! Um sinal, mesmo que silencioso. Acho que as palavras, às vezes, atrapalham demais.

Carol sorriu com o comentário e começou a desenhar na areia com o dedo do pé. Cadu pousou a mão direita sobre a mão esquerda dela e, sorrindo, puxou o rosto dela para si. Ela sorriu de volta e colocou sua mão sobre a mão dele.

Ele se aproximou; ela, então, fechou os olhos, para poder sentir todos os segundos do primeiro beijo de sua vida.

```
Angra dos Reis,
Sexta-feira, 22 de abril. 19:05
```

Gui e Lena estavam caminhando pela praia. Não havia muitas pessoas por perto, apenas algum movimento no píer. Os jovens tinham marcado de ir para a cidade, para um show que ia acontecer no Armazém Angra. Eles optaram por ficar ali mesmo, pela vila de pescadores, talvez realizar um passeio à Ilha Grande no dia seguinte.

— Sabe que achei legal o que você falou lá na lanchonete sobre o Billy?

— Verdade?!

— Ahã.

— Legal saber. Confesso que percebi como estava sendo um saco, um reclamão.

Lena riu.

— Às vezes você é bem reclamão mesmo.

— Eu estava grilado com o campeonato.

— Acho que todos nós estávamos. Se não fossem suficientes as provas, o campeonato de vôlei, ainda apareceu o problemão Billy/Mack pra nos encher a cabeça.

— Você tem razão. Aliás, Lena, você sempre tem razão.

— Nossa, acho que nunca ninguém concordou comigo desse jeito incondicional — ela se mostrou surpresa.

— Acho que todos deveriam concordar contigo.

— Xiii, Gui, o que te deu hoje?

Gui parou de caminhar, o que surpreendeu Lena.

— O que foi?

— Posso te fazer uma pergunta? Uma pergunta que sempre tive vontade de fazer, mas faltava coragem.

— Que tipo de pergunta?! — ela arqueou as sobrancelhas.

Ele estendeu as mãos para acariciar os cabelos dela. Ela teve um espasmo de susto, mas sem sair de onde estava.

— Você gostaria de namorar comigo?

— Como?!

— Ai, Lena, não dificulta o que já está complicado.

Ela riu, sem graça.

— Desculpa, mas... é isso mesmo? Você está me pedindo em namoro?

— Estou, Lena. Tentei ser o mais claro possível. Poxa, não faz isso comigo. E então, você aceita?

— Ai, Gui, não sei.

— Não sabe?! Lena... — Gui estava decepcionado.

— Desculpa, isso tudo... me pegou de surpresa. Você ficaria muito chateado comigo se eu te desse uma resposta amanhã?

— Bem, isso deve ser melhor do que receber um "não", não é? — declarou, um tanto desapontado.

Lena pegou a mão dele.

— Desculpa, é que nós somos amigos, sempre fomos só amigos, nunca rolou nenhum clima...

— Claro que rolou, não é possível que você não tenha percebido...

— Não, quer dizer, talvez tenha percebido, mas achava que era brincadeira. Ai, Gui, a verdade é que nunca pensei em nós como namorados...

— Pois é, mas eu acho que sempre pensei em você como minha namorada, mesmo quando éramos apenas pirralhos no jardim de infância.

— Isso é mentira — disse ela, rindo. — Você adorava puxar meu cabelo.

— Eu queria guardar uma lembrança, mas não sabia como fazer.

— Sério mesmo que você gosta de mim há tanto tempo?

— Nunca falei tão sério, Lena!

— Puxa, Gui, não esperava.

— Nem eu que tivesse a coragem que tive hoje. Mas já que dei o primeiro passo, posso esperar, sim, sua resposta.

— Obrigada.

Gui sorriu, a abraçou e eles continuaram caminhando, em silêncio, ouvindo apenas o barulho das ondas.

```
Angra dos Reis,
Sexta-feira, 22 de abril. 23:50
```

Lena estava lendo, sentada na sala. Ouviu um barulho na cozinha e resolveu conferir.

— É você!

Fred se virou, com um copo d'água nas mãos.

— Desculpe, não sabia que você estava acordada.

— Perdi o sono.

— Eu também — ele puxou uma das cadeiras e se sentou. — É muita coisa ao mesmo tempo. A cabeça não está dando conta.

— É sobre a história do Billy e do Mack?

— Também.

— O que mais está te agoniando?

Ele olhou para ela por um longo tempo, para só então responder:

— É meu pai.

— O que tem ele? — Lena se sentou ao lado dele.

— Não sai da minha cabeça ele ter me dito que está apaixonado. É tão estranho...

Lena sorriu.

— Nossa, parece que o mundo está apaixonado, não é?

— Como assim?! — perguntou ele, confuso.

— Nada, deixa pra lá. Mas deve ser sério isso do seu pai, ou ele não iria falar com você, não é?

— Tem razão. Parece realmente sério. Há muito tempo não via meu pai animado assim. Mas o problema é que nem conheço essa mulher. Nem conhecemos, se eu incluir a implicante da Carol — declarou, com ar desapontado.

— E você cismou que ela pode ser uma pessoa ruim.

— Não foi isso que disse.

— É o quê, então?

— Sinceramente, Lena? Nem sei. Mas é estranho pensar numa outra mãe, numa madrasta controlando nossas vidas...

— Pode ser apenas uma segunda mulher do seu pai, dando uma ajuda a ele. Não precisa pensar nessa pessoa ocupando o lugar da sua mãe ou controlando vocês.

— A gente sabe se cuidar.

— Vocês acham que sabem, mas tem hora que é complicado ficar sozinho.

— Discordo. Mas eu não sou o maior problema. Se for o caso, posso ignorar o que está acontecendo, mas não vai ser tão simples assim com a Carol.

— Se você ajudar, pode ser mais fácil pro seu pai.

— E o que você acha que eu devo fazer?

— Dê uma chance pro seu pai, dê uma chance pra... pra namorada do seu pai. Conheça ela primeiro, tire suas conclusões depois. De repente, pode ser alguém de quem você acabe gostando.

Ele brincou com a água dentro do copo, depois, enfim, respondeu:

— Pode ser que você tenha razão.

Eles ficaram em silêncio. Lena mexeu na ponta do cabelo, até que tomou coragem de falar o que estava lhe incomodando:

— Fred!

— Oi!

— O Gui me pediu em namoro.

Fred tomou um susto tão grande com o que ouviu, que acabou derrubando o copo d'água.

— Droga! — disse ele enquanto corria para pegar um pano de prato.

— Me dê aqui que eu te ajudo.

— Não, pode deixar.

Ele esfregou o pano na toalha de mesa, para tirar o excesso. Depois o levou para a beirada da pia e ficou de costas. Só assim teve coragem de responder à Lena:

— Ele te pediu... pra valer?

— Sim.

— E você aceitou?

Ela queria que Fred a olhasse nos olhos. Queria perceber nele uma faísca qualquer que lhe dissesse o que fazer.

— Eu pedi pra pensar.

— Por quê? — Fred se virou para ela.

— Você...

— O que tem eu?

Ele foi tão incisivo que a desarmou.

— O que você acha? Você acha que eu devo aceitar?

"Não, Lena, acho que você não deveria aceitar. Acho que você deveria ficar comigo, que o Gui deveria entender que eu te amo muito mais do que ele diz que te ama."

— Não posso te dizer isso. Vocês são meus amigos, meus melhores amigos, não posso me intrometer entre os dois. Só posso desejar que sejam felizes.

— Você ficaria feliz de nos ver namorando?

Fred abaixou a cabeça, contornou a mesa, até parar ao lado de Lena. Ela o olhou com carinho. Queria apenas uma palavra, um sinal.

— Acho que você deve fazer o que manda seu coração. Ficarei feliz de te ver feliz — ele beijou a testa dela e saiu da cozinha.

Ela o acompanhou se afastar. Uma lágrima rolou e caiu sobre a mesa ainda úmida.

```
Angra dos Reis,
Sábado, 23 de abril. 9:40
```

Fred e Gui estavam sentados na areia, bebendo um pouco d'água, depois da partida de frescobol que jogaram juntos. Carol e Cadu foram passear numa cachoeira. Lena tinha ido à Angra com a mãe de Gui.

— Eu pedi a Lena em namoro ontem à noite.

Fred, que estava com a garrafa encostada na boca, detonou todo o líquido antes de responder.

— É mesmo?!

— É, cara. Não aguentava mais fingir. Mas a resposta não foi o que eu esperava. Bem, pelo menos, não foi das piores. Em vez de me dizer não, ela pediu pra pensar.

— É compreensível...

— Por quê? — perguntou Gui, intrigado.

— Nós somos amigos. Todos nós somos amigos. Somos assim desde que nos entendemos por gente... Ela nunca pareceu sentir algo diferente do que amizade.

— Você tem razão. E é por isso que sempre demorei a me declarar. Pior é que, se ela não aceitar, não sei como vai ficar daqui pra frente.

— O passo mais difícil você deu. Agora, só resta se preparar pra qualquer resposta que ela te dê.

— Eu sei, meu amigo, mas preciso torcer pra ela aceitar, ou não sei como vai ficar minha cabeça. Torce pra ela me dizer sim.

Fred se levantou.

— Eu vou entrar, Gui.

Gui ficou olhando o amigo se afastar, sem entender sua frieza.

```
Angra dos Reis,
Sábado, 23 de abril. 20:00
```

Lena estava na varanda, olhando o mar. Gui chegou e se sentou ao lado dela.

— Não está com frio?

— Não, está agradável.

— Eu gosto muito daqui. Meu pai comprou essa casa há

sete anos. Minha mãe é louca por esse lugar. Vive contando os dias pra vir pra cá.

— Acho que vou gostar de voltar aqui outras vezes.

— Como assim?!

— Se nós começarmos a namorar, você vai me trazer aqui de novo, não vai?

— Você está brincando comigo? — perguntou Gui, imensamente feliz.

Lena riu.

— Não, não estou brincando, seu bobo. Eu aceito seu pedido.

Gui mal podia acreditar. Ele se levantou, andou em círculos na frente dela, fez algumas palhaçadas que a levaram às lágrimas de tanto rir. Quando a ficha caiu, ele se aproximou em silêncio, a puxou pelas mãos, para, em seguida, pousar a mão atrás do pescoço dela, aproximando-a de si. Focou seus lábios e fechou os olhos. Era hora de o mundo parar para ele apenas sentir o beijo da garota que amava.

```
Rio de Janeiro,
Domingo, 24 de abril. 21:00
```

Fred e Carol desceram na entrada do prédio. No carro, tinha ficado apenas Lena, ao lado de Gui e dos pais dele. Cadu já havia desembarcado na guarita. Sérgio, antes de voltar pra casa, deixaria Lena no apartamento dela. Desembarcar da pequena van aliviou a pressão que Fred estava sentindo.

Por outro lado, Carol estava radiante. Antes de saírem de Angra, tinha contado ao irmão sobre o seu namoro. Ao ouvir de Fred que ele estava feliz com a notícia, ela vibrou. Ele não tinha ideia do quanto fora importante para ela receber o seu apoio. Fred, por sua vez, além de achar o amigo um cara legal, também torcia para que esse relacionamento trouxesse mais maturidade para a irmã. Por várias vezes desejou estar sentindo aquela mesma alegria, mas, ao contrário, seu mundo parecia ter se transformado num abismo, tudo numa única semana. Além de estar sendo ameaçado por um bandido como o Mack, ainda tinha perdido a garota que amava. A manhã daquele domingo tinha selado sua tristeza ao ser obrigado a passear pela Ilha Grande, presenciando seus melhores amigos de mãos dadas, trocando beijos... dividindo uma felicidade que merecia ser dele. O caminho de volta só não foi mais cruel porque ele resolveu se entregar ao sono, para não ter que conversar nem demonstrar o quanto estava contrariado.

Naquela noite, ao se deitar, Fred ainda tentou reunir as pistas sobre Mack que tinha conseguido até então, mas elas se perdiam na imagem do mar e do casal de namorados que estragou toda aquela paisagem. Seu único pensamento, antes de adormecer, acabou repousando em outras quatro letras: Lena.

Capítulo 18

```
Rio de Janeiro,
De volta à segunda-feira, 25 de abril. 8:15
```

(...)

Lena empurrou a folha para o centro da mesa. Todos olharam fixamente para a sequência de letras que, a princípio, não trazia nenhum sentido.

"ENTREGUEMOQUEEMEUATEAMANHA MEIODIASENAOBILLYSERAOPROXIMOAIRPELO SARES"

Cadu, desistindo, reclamou:

— Custava esse Mack usar espaço?!

Lena sorriu e desenhou barras verticais entre as palavras, clareando o texto embaralhado:

"ENTREGUEM|O|QUE|E|MEU|ATE|AMANHA|MEIODIA|SENAO|BILLY|SERA|O|PROXIMO|A|IR|PELOS|ARES"

Em seguida, leu pausadamente a mensagem que já estava clara para todos, mas não podia ser mais clara sobre o que de fato significava.

— Entreguem o que é meu até amanhã, meio-dia, senão Billy será o próximo a ir pelos ares!

Eles se entreolharam numa mistura de alívio e angústia. Aquela investigação estava ficando perigosa demais.

— E agora, Fred? — perguntou Lena.

— Agora, estamos nas mãos dele. Vou ter que devolver o cartão. Dessa vez, de verdade.

— Ele só não avisou em que lugar — observou Cadu.

— Então, enquanto isso não acontece, temos até amanhã ao meio-dia pra juntar todas essas pistas e tentar descobrir quem é esse cara — disse Fred.

— Ou essa mulher — retrucou Carol.

— Por que uma mulher? — Lena ficou indignada com a sugestão.

— O que impede que Mack seja uma mulher? E se William mentiu para o Billy?

— Mas sempre nos referimos a ele como sendo "o" Mack — lembrou Cadu.

A ideia era muito absurda. Mas, na situação em que estavam, nada poderia ser descartado como pista. Todos ficaram pensando a respeito. E um só nome veio-lhes como suspeita.

Nenhuma turma voltou a ter aula. Eles combinaram de sair da escola direto para a casa de pedras. Ao chegar lá, encontraram um envelope preto colado na porta de entrada. Dentro, um novo cartão perfurado.

Fred pediu a Billy para traduzir o conteúdo.

— AMANHÃ, DEIXE O CARTÃO NO LIXO DA SUA SALA. OU.

— Mais claro, impossível! — Gui se lamentou.

— Billy não entendeu a frase com "ou".

— É uma espécie de ameaça, Billy. Mais ou menos como se ele tivesse escrito com reticências — explicou Lena.

— Billy conhece frase com reticências. Quem Mack ameaçou?

— Não dá pra saber, Billy — mentiu Fred e piscou pros amigos para que não o desmentissem e, dessa forma, evitassem assustar Billy.

— Acho que ele deixou em dúvida, exatamente pra nos meter medo — concluiu Lena, reforçando a iniciativa de Fred.

— Agora já sabemos quando e onde ele quer o cartão — comentou Gui.

— Billy, a câmera de segurança está ligada. Você gravou o momento em que deixaram o cartão na porta?

— Billy tem a gravação.

— Ótimo! Mostra a imagem pra gente — pediu Fred.

A tela foi preenchida por uma imagem escura da entrada da cozinha, com um homem de sobretudo e capuz se aproximando.

— Não dá pra ver nada. Está muito escuro — observou Cadu.

— É, não vamos conseguir grande coisa com essa imagem, a não ser ter certeza de que ele sabe que conhecemos o Billy — concluiu Fred, desanimado.

Guilherme teve uma ideia:

— Será que a câmera de segurança do colégio não filmou quem explodiu aquele CP-500?

— Explodiram um irmão CP-500 do Billy! Mack vai explodir o Billy?

— Calma, Billy. Ninguém vai fazer mal a você — Fred garantiu o que nem ele tinha como certo. — Gui, a ideia é muito boa.

— É, mas pena que é furada — disse Carol.

— Por quê? — perguntou Fred.

— Eu esqueci de contar, mas, quando fui ao banheiro, antes de a gente vir embora, ouvi um policial e o professor Hórus conversando. O professor disse que as câmeras de segurança tinham sido desligadas. E o policial falou que a explosão na passagem para a quadra parecia ter sido causada por uma bomba caseira.

— Droga! — deixou escapar Fred.

— Podíamos trocar as fechaduras da casa para que o Mack não pudesse entrar aqui — sugeriu Cadu.

— Mas... como vamos fazer isso? — perguntou Lena.

— Eu acho que sei. Basta que o próprio William ligue para o meu pai e peça para o chaveiro do condomínio fazer isso.

Gui achou a ideia completamente maluca:

— E como vamos conseguir que o William faça isso, Cadu?

— Eu sei como. Nós não podemos, mas talvez o Billy consiga — sorriu Fred, maliciosamente.

Fred e os amigos pensaram em frases convincentes que pudessem acontecer num diálogo rápido com seu Ari; depois, pediram ao Billy para montar um banco de frases com as gravações de William. A tarefa de Cadu era esperar na guarita.

O telefone tocou bem na hora combinada. Cadu, ao lado do aparelho, atendeu.

— Pai, é o seu William, que mora aqui no condomínio.

Seu Ari estranhou a origem da ligação.

— Alô! Alô! — a ligação estava com muito chiado. — É o Ari falando.

— Boa tarde, Ari! Preciso ser breve. Perdi minhas chaves e preciso que mande trocar as fechaduras da minha casa. Eu pego as chaves com o senhor quando eu voltar. Não se preocupe, a casa está vazia. Preciso desligar agora, estou numa ligação internacional.

— Seu William, seu William... — chamou Ari, em vão. — Desligou! — disse, segurando o fone e olhando para o filho.

— O que foi, pai?

— O dono daquela casa de pedras pediu pra trocar as fechaduras da casa dele. A voz parecia a dele, sim, mas a ligação estava tão estranha. O que ele disse pra você?

— Bom, pai, ele disse que era o William Stiller, morador da casa 7 da rua das Esmeraldas e que precisava falar com o senhor com urgência.

— É realmente muito estranho. Mas, se ele mandou, tenho que fazer, não é? — Cadu deu de ombros, fingindo não se importar muito. — Por segurança, eu devia acompanhar o chaveiro, mas não posso sair daqui. Estou sem auxiliar até que o condomínio contrate outra pessoa.

— Pai, eu posso fazer isso pro senhor. Vou com o seu Messias e depois trago as chaves aqui.

— Não sei... Não é o correto...

— Pai, deixa eu te ajudar.

— Está bem, filho. Mas apenas acompanhe a troca. Não entre na casa, não mexa em nada. Apesar de ele ter dito que a casa está vazia, e acho que é verdade, porque o advogado dele carregou todos os móveis no ano passado...

— Como, pai? Me conta isso.

Cadu pegou as novas chaves e entregou para Fred que, na rua, fez um jogo de cópias. As chaves originais foram deixadas sob os cuidados de seu Ari sem que ele desconfiasse de nada.

Reunidos, de novo, na casa de pedras, eles comemoraram o sucesso da operação. Cadu aproveitou para revelar a pista que, sem saber, o pai tinha fornecido a ele.

— Pouco depois do William viajar, apareceu um amigo dele, que já tinha vindo visitá-lo várias vezes. Disse que era advogado e mostrou uma procuração do William para vender o que fosse possível, menos o imóvel, pois estava passando por uma urgência financeira. Um dia depois, esse homem encostou o caminhão e levou todos os móveis.

— Isso explica como Mack entrou tão facilmente aqui — comentou Gui.

— E nos revela que pelo menos uma pessoa conhece esse Mack.

— Não sei, não, Lena. Perguntei ao meu pai como era esse cara e ele só soube me dizer que era da altura dele, com cabelos pretos, alguns fios grisalhos, talvez, e que falava com muita calma.

— Ei, espera! Podemos ter algo a mais sobre ele. Billy, o William apagou as últimas gravações, mas você tem outra gravação com o Mack, não tem? — perguntou Lena.

— Billy tem duas gravações.

— Puxa, como não pensamos nisso antes. Isso é ótimo! Você pode reproduzir para nós? — pediu Fred, animado.

Billy reproduziu as gravações sem que o conteúdo trouxesse nenhuma novidade. Eram diálogos entre Mack e William, que falavam apenas de melhorias que haviam sido feitas no sistema de Billy.

Fred e os amigos ficaram atentos, mas Mack falava muito pouco e Lena, por um instante, achou que conhecia aquela voz, mas era difícil afirmar. Havia ruídos que pareciam de chave, alguém pigarreava, e as vozes estavam longe, como se eles estivessem no outro canto da sala.

— Tem muito barulho — observou Cadu.

— E alguém tem sempre a mania de pigarrear na hora que o outro fala — reclamou Gui.

— Ei, pesssoal, esperem!

— O quê, Fred? — perguntou Lena, curiosa.

— Pigarro. Eu lembro de ter ouvido um pigarro no vestiário antes do Mack me atacar.

— E daí? — perguntou Gui. — Só mostra que esse Mack pode ter um tique nervoso.

— Isso mesmo, Gui. Alguém que tenha um tique de falar pigarreando. E qual professor conhecemos que tem essa mania?

— O professor Afrânio! — Lena e Carol responderam quase ao mesmo tempo.

— Você está achando que o professor de história pode ser o Mack? — perguntou Gui, incrédulo.

— Não sei. É que temos tantas pistas desencontradas. Acho que não podemos desprezar nenhuma. Vou copiar esses áudios para o meu pen-drive. Também achei a voz familiar, mas não consigo identificar de quem seja. Vamos guardar isso como uma pista extra. Agora eu tenho outro assunto pra falar com vocês — revelou Fred.

— O que foi?

— Achei quem vendeu o CP-500 que foi destruído.

— Sério?! — Cadu se surpreendeu — Como?

— Com a ajuda do Billy, localizamos anúncios de venda de CP-500 nas últimas semanas. Cinco, pra ser mais exato. Liguei pra todos. Só um havia sido vendido.

— Billy registrou as características do comprador do CP-500.

— Como?! — perguntou Lena.

— Perguntei ao vendedor. Ele disse que era um homem de óculos escuros, boné e barba, mas que estranhou, pois a barba parecia postiça. E realmente era.

— Como você pode saber, Fred? — perguntou Lena.

— Porque o homem que me agarrou não tinha barba. Eu cheguei a lutar um pouco e, de costas, bati com a mão no rosto dele. Não havia barba. E nenhuma barba cresceria tão rápido. Com isso, podemos traçar uma característica importante do nosso suspeito.

— Na verdade, se pensarmos bem, o Fred tem razão. Temos várias pistas que não casam uma com a outra — concluiu Gui.

— Talvez não, Gui. Já sabemos que Mack é um homem e a altura que ele tem. Isso elimina a diretora Sacramento e o professor Hórus, que é bem alto — concluiu Lena.

— Mas eles podem ser cúmplices — lembrou Carol.

— E a altura talvez seja a do professor Afrânio — observou Gui.

— É, talvez. O Cadu que pode dizer melhor.

— Ah, cara, não sou bom nessas coisas de detalhes. Mas posso prestar atenção à altura do meu pai e comparar com a altura dele.

— Não é uma ideia a se descartar, mas a Lena tem razão. Eliminamos alguns suspeitos, mas agora temos certeza de que é alguém que conhecemos, pois a voz é familiar. Temos que apurar os ouvidos. Amanhã, de qualquer forma, vou jogar o cartão na lixeira da sala, como ele ordenou — concluiu Fred.

— E eu torço pra essa história acabar aí — declarou Gui enquanto se aproximava de Lena e a abraçava.

Capítulo 19

Rio de Janeiro,
Terça-feira, 26 de abril. 8:15

O colégio trazia o tumulto de sempre no início das aulas. Fred fez questão de ir na frente e conseguiu ser o primeiro a entrar na sala. Enquanto os alunos seguiam para suas carteiras, ele permaneceu encostado na mesa do professor, fingindo que jogava fora alguns papéis da sua mochila. Gui, Lena e Cadu entraram em sala a tempo de presenciá-lo arremessando o cartão perfurado no cesto de lixo.

A primeira aula foi de matemática. E pareceu durar séculos. O professor estava rouco e resolveu poupar a voz, passando dezenas de exercícios valendo pontos. Enquanto isso, em sua mesa, escrevia, rasgava, fazia contas.

Quando chegou o intervalo, Fred fez questão de sair por último, passando ao lado da lixeira. Do ângulo visto, pôde conferir o cartão parcialmente à mostra.

— Vamos fazer uma visita à tia Lenilda — propôs Fred.

— Pra quê? — perguntou Lena.

— Tenho uma suspeita de que os números das contas desses atletas fantasmas têm algo em comum. É preciso confirmar essa informação.

Lenilda estava visivelmente entediada.

— O que houve, tia? — perguntou Lena, assim que encostou na mesa da secretária.

— Essas porcarias estão com vírus novamente.

— De novo? — perguntou Gui.

— É. Amanheceu assim. A diretora está com o professor Hórus pra resolver. Não posso acessar programa algum. Estou cheia de serviço...

Fred parou junto à parede, olhando as fotos.

— Tia, em qual dessas fotos dos ex-alunos meu pai aparece?

— Ah, o Alberto está naquela última da direita. Está ao lado do professor Hórus e do...

Nesse instante, o telefone tocou. Lenilda atendeu enquanto Fred olhava detidamente os colegas do pai. Mas tinham todos, talvez, uns dez anos e não era fácil associar aqueles rostos de crianças aos rostos adultos que conhecia. Lenilda tinha acabado de desligar o telefone quando Lena chamou atenção de Fred.

Ele se virou e Lena piscou para ele:

— Tia Lenilda, a senhora quer meu chocolate? O Fred foi comprar pra mim, mas comprou errado.

Lenilda olhou em volta, hesitando, mas acabou aceitando. Ela começou a comer e a responder às perguntas sobre como era o colégio no passado, como eram os alunos, há quanto tempo ela trabalhava ali.

    O papo foi envolvendo a todos enquanto Fred, sorrateiro, aproveitou a sala aberta da diretora para entrar. Remexendo alguns papéis que estavam sobre a mesa e sobre a estante, conseguiu localizar uma lista com o número das contas. Não custou a perceber que os atletas fantasmas tinham a mesma agência e a mesma conta.

    Tão entretido ficou que não notou que as vozes do lado de fora não eram apenas de seus amigos. Sem tempo para qualquer reação, foi surpreendido pelo subdiretor, professor Afrânio, e pelo chefe de TI, o professor Hórus. O susto foi grande. Ele agora, realmente, tinha se metido numa encrenca.

    Antes de ele e os amigos serem levados para a sala de reunião pedagógica, veio-lhe um pensamento: o professor Afrânio era bem mais alto que o pai de Cadu.

    — Muito bem, agora vocês vão me dizer, sem mentiras, o que estavam fazendo na sala da diretora? — interrogou Afrânio, com rispidez, olhando diretamente para Fred.

    Os amigos se entreolharam sem saber o que responder. Fred assumiu a situação, mas, na hora em que ia começar a falar, alguém bateu na porta.

    — Entre, Boanova, estávamos esperando o Frederico nos contar o que estava fazendo dentro da sala da diretora sem a presença dela — explicou Hórus.

    — Bisbilhotando de novo, Frederico? — perguntou o professor de matemática, muito sereno, mas quase sem voz, de tão resfriado.

Fred se sentiu aliviado com a presença do professor. Sabia que podia confiar nele, que ele não deixaria que Afrânio e Hórus fizessem nenhum mal ao grupo.

— Vamos, Frederico, estamos esperando — insistiu Afrânio de forma áspera.

— Eu ouvi um barulho e entrei pra checar o que era.

— Mentira! — vociferou Afrânio.

— Calma, Afrânio. Deixa comigo. Crianças, vocês estão mentindo e eu tenho uma coleção de motivos pra justificar isso. Mas vou começar com apenas um. No dia da explosão da bomba, enquanto todos os alunos ficavam no pátio, as câmeras do andar nos mostraram que vocês foram para a biblioteca. E não me venham dizer que tiveram um súbito interesse em ler no meio daquela confusão. A minha conclusão pra esse comportamento é mais simples: vocês estavam aprontando algo ou sabiam mais do que querem nos contar a respeito desse ato terrorista — declarou Hórus.

— Droga! — sussurrou Gui, porém alto o suficiente para os outros ouvirem.

Fred olhou feio para o amigo.

— Parece que a interjeição tão incisiva do Guilherme é uma confissão, não é mesmo? Mas vamos dar a vocês outros motivos...

— Hórus, não! — advertiu Afrânio, preocupado.

— Deixe comigo, Afrânio. Sei o que estou fazendo. O zelador nos contou da visita de vocês à escola quando ela já estava fechada. E, se não for suficiente, posso citar sua entrada na sala de TI, Fred. Posso até arriscar dizer o que você foi fazer lá dentro, mas antes de convencer a diretora de que o caso merece uma expulsão, gostaria de ouvir a explicação de vocês.

Sem exceção, todos ficaram apavorados com a ameaça de expulsão. Mas Fred tentou recuperar a calma, pois seu coração parecia uma escola de samba desde que tinha sido tirado da sala da diretora.

— Eu vou contar — antecipou-se Fred.

Com calma, ele contou tudo que aconteceu, desde quando ouviram o boato de que as frequências tinham sido apagadas, até acharem o cartão. Mas não falou de Billy, nem da desconfiança sobre a bolsa-atleta. Inventou que queria descobrir se havia alguma pista na sala da diretora quando souberam do novo vírus. Justificou sua curiosidade em nome do seu interesse pela informática.

Afrânio e Hórus pareciam incomodados com a narrativa de Fred, mas o ouviram com atenção. Boanova, por sua vez, tinha o pensamento distante. Hórus se levantou, circulou pela sala e, ao voltar para o seu lugar, parecia ter tomado uma decisão.

— Vocês têm ideia do quanto agiram errado? — perguntou Hórus, voltando-se especialmente para Fred.

— Sim, professor, nós temos. — Fred olhou para os amigos. — E eu assumo que as ideias foram minhas. Meus colegas só têm culpa de me dar ouvidos.

— Todos aqui são crescidos o suficiente para saber a consequência de seus atos.

— Sim, professor, mas...

— Mas, o quê, Frederico? — Afrânio se intrometeu. — Vocês vão me dizer que tinham boa intenção? Aprendam uma coisa na vida: tem muito bandido cheio de boas intenções. O fato de almejar um objetivo não pode justificar o uso de métodos escusos.

Os jovens abaixaram a cabeça sem ter o que responder.

— Acho que nossos pequenos investigadores foram sinceros, Afrânio. Talvez possamos resolver o caso com uma semana de suspensão — intercedeu Boanova.

— Uma semana? — deixou escapar Gui.

— Você acha pouco, menino? Por mim, o castigo seria muito pior — reclamou Afrânio.

— Guilherme, acho justo. Vocês erraram e precisam pagar — disse Boanova de forma compreensiva. — É certo que seus pais saibam o que vocês fizeram — concluiu.

— E o campeonato? — insistiu Gui.

— Bem, Afrânio, acho que podemos pedir à diretora para aplicar o castigo após o campeonato — sugeriu Hórus, condescendente.

— Está bem, está bem — concordou Afrânio, contrariado.

Todos comemoraram, mas Fred estava achando que algo ainda não se encaixava.

— Professor Hórus, posso lhe fazer uma pergunta?

— Eu deveria dizer não, afinal, depois do que vocês aprontaram, não merecem qualquer benefício, mas não quero parecer intransigente.

Fred entendeu aquilo como uma concordância e seguiu com sua pergunta:

— O senhor estava na arquibancada, no último jogo, não estava?

— Que petulância, rapaz!

— Desculpa, professor, mas acho justo sabermos, afinal, nós também corremos riscos com as ameaças do Mack.

— Porque não mediram as consequências, meninos — criticou Boanova.

— Não posso negar que você é impetuoso, rapaz. — Hórus olhou Fred atentamente.

Um silêncio pousou sobre a sala. Hórus, Afrânio e Boanova se entreolhavam, passando linhas e linhas de segredos pelo olhar. O mesmo podia se dizer da turma do CP-500 que estava ali reunida.

— Hórus, pensando bem, acho que podemos obter a ajuda deles. Eu é que vou apelar agora para que façamos uma troca com eles.

Todos se surpreenderam com a mudança de Afrânio, o que deixava tudo mais confuso.

— Afrânio, não podemos comentar o que sabemos com um grupo de alunos. Isso é confidencial!

— Nem tanto, Hórus. Eles talvez saibam mais do que nós.

— Afrânio, concordo com o Hórus. Não acho que assuntos da diretoria devam ser expostos às crianças. Sacramento não iria aprovar isso. Imagina se acontece alguma coisa com algum deles e os pais sabem que os envolvemos nisso — criticou o professor Boanova.

Afrânio se levantou, andou pela sala por um tempo, depois se voltou e sorriu para cada um. O subdiretor parecia bem mais tranquilo do que no início. Na verdade, deixara, por um instante, a função pedagógica, para assumir sua verdadeira vocação.

— Fique tranquilo, Boanova, sei o que estou fazendo. Só preciso que o Hórus concorde comigo. Eu tenho motivos para intuir que esse bandido sabe até onde pode ir. E meu faro me diz que só podemos obter a informação que esses jovens ainda não nos deram se também formos sinceros com eles.

Fred olhou para os amigos, tentava medir as palavras que estava ouvindo. A turma balançou a cabeça dando a ele a decisão de revelar ou não o que ainda escondiam.

— Está bem, Afrânio. Pode continuar — autorizou Hórus.

Afrânio revelou aos alunos que era um investigador de polícia aposentado. Sendo amigo da família da diretora, resolveu aceitar a função de subdiretor para voltar a se sentir útil. Quando o ataque de vírus ocorreu, a diretora pediu que ele investigasse o caso.

— Confesso que também desconfiei do nosso chefe de TI aqui — Hórus fez uma careta, em resposta —, mas logo confirmei que ele realmente estava fora da cidade. E talvez essa ausência tenha sido usada pelo tal Mack para atacar. Por isso, eu pedi que ele, ao voltar, se mantivesse incógnito.

— E eu também pedi a ajuda do professor Boanova, com quem já trabalhei. Aliás, eu também trabalhei com o Alberto — observou Hórus, para surpresa de Fred.

— Então, realmente eu o vi no auditório — concluiu Lena, olhando para Hórus.

— E eu o vi na arquibancada — concluiu Fred.

— Sim, eu estava torcendo para a minha filha que jogou pelo colégio adversário.

Todos se surpreenderam com a informação.

— Temos algumas desconfianças, mas ainda não podemos provar — continuou Afrânio. — Vocês nos acrescentaram boas informações. Sabemos que esse Mack talvez tente algo hoje, por isso infestou novamente a rede com esse vírus. Hórus está tentando monitorar o sistema, mas não descobriu nada em especial. Apagar as notas e as frequências nos parece uma cortina de fumaça.

— Bem como jogar um computador velho no pátio. Mas como vocês contaram dos cartões perfurados, isso nos dá uma nova pista. Pode indicar alguém que tenha paixão pelos computadores antigos — complementou Hórus.

— Ou ainda que deteste os microcomputadores — acrescentou Fred, lembrando do discurso de Mack para Billy.

— Além disso, tem o caso que você, Guilherme, revelou à diretora, sobre o alto valor depositado na bolsa-atleta. Pedimos que a diretora tirasse extratos para analisarmos, mas com esse vírus que se instalou na rede, ainda não foi possível acessar. Então, ela voltou em casa para buscar um notebook e um modem 3G.

Fred olhou para Lena e, como se pudessem conversar em pensamento, ela balançou a cabeça, confirmando.

— Acho que podemos dar a vocês as informações que faltam nesse quebra-cabeça — revelou Fred.

Fred voltou a relatar o que eles sabiam, dessa vez acrescentando a ameaça ao Billy, a desconfiança sobre as bolsas-atletas e a ordem que receberam para jogar o cartão na lixeira da sala.

— Por que vocês não contaram isso antes? — vociferou Hórus, nervoso.

— Porque eles não confiavam na gente. Só que eu pressenti que eles sabiam muito mais. Por isso, decidi abrir o jogo sobre a nossa investigação.

— Será que esse cartão ainda está lá? — perguntou Hórus.

— Não sei. Mas vamos descobrir.

Por telefone, o professor Afrânio pediu à servente do colégio que trouxesse a lixeira da sala do nono ano.

— Vocês têm o código do primeiro cartão? — Hórus perguntou e Fred mostrou um papel com o que tinha anotado. — Parece número de agência e conta — concluiu após observar por algum tempo.

— Pode ser qualquer coisa, Hórus. Até mesmo a senha de um cofre ou de algum site. Veja as letras — apontou o professor Boanova.

— Até poderia ser, Boanova, mas estamos falando de desvio de dinheiro, e essa sequência tem tudo para se referir a dados bancários — declarou Afrânio.

— Desculpa, professor Boanova, mas concordo com o professor Afrânio. Pedi ao Billy pra fazer uma pesquisa pra mim, e ele confirmou que existem quatro bancos que possuem essa agência 1523.

— Você tem essa lista, Fred? — perguntou Afrânio.

— Sim, tenho aqui no meu celular.

— Agora entendo a cortina de fumaça — completou Hórus.

— Como assim? — Carol e Gui perguntaram ao mesmo tempo.

— Eu arrisco um palpite. — Fred olhou a expressão fixa de Hórus e se adiantou a explicar. — Acho que está havendo um desvio de dinheiro no colégio e o vírus foi usado apenas pra despistar, talvez pra encobrir alguns acessos às máquinas daqui de dentro. Isso seria uma espécie de cortina de fumaça pra encobrir os passos do criminoso dentro do colégio.

— Perfeito, Frederico! — declarou Afrânio.

— O colégio está recebendo o patrocínio da Print&Paint. Será que é atrás desse dinheiro que o Mack está?

— Tenho quase certeza que sim, Maria Helena — respondeu Afrânio.

Nesse momento, a diretora Sacramento entrou na sala e se surpreendeu com a presença dos alunos. Afrânio e Hórus resumiram tudo que tinham conversado, deixando Sacramento muito impressionada. Percebeu-se que ela também estava surpresa com a descoberta de seus alunos, mas, para não incentivar o delito, não teve como parabenizá-los. Quando Hórus estava se conectando pelo notebook da diretora, a servente entrou com a lata de lixo.

Boanova tirou lá de dentro o cartão perfurado.

— Não deu tempo do Mack pegar o cartão. Talvez estivesse esperando recolherem o lixo — concluiu o professor de matemática. — Vai ver ele percebeu que avançávamos na investigação e já fugiu.

— É esse o cartão, Frederico? — perguntou Hórus.

— Acho que sim. Posso vê-lo, professor?

Boanova o olhou seriamente e lhe estendeu o cartão. Ao analisá-lo, Fred ficou assustado.

— Professor, esse não é o cartão que eu coloquei na lixeira!

— Não?! — Hórus se impressionou.

— Por que não? — perguntou Boanova, incrédulo.

— Veja... Pelo que está aqui, temos letras e números, mas não corresponde ao código que eu anotei.

— Como você pode ter certeza?

— Já decodifiquei tantas vezes esses cartões que já sei a posição de algumas letras. Por exemplo, nesse cartão, o código começa com A, que é seguido dos números 9 e 8.

— Então você jogou fora o cartão errado — disse a diretora.

— Não, eu joguei o cartão certo, até porque nunca tive um cartão que tivesse uma sequência dessas perfurada.

— O Mack deve ter jogado outro cartão no lugar, para despistar — concluiu Lena.

— Mas por quê? — perguntou Gui, que até então não se via em condições de discutir aquele mistério.

— Não sei, Gui, mas talvez isso nos dê mais alguma pista. Essa troca deve ter acontecido no intervalo das aulas — deduziu Fred.

— Com isso eu concordo, pois ninguém estranho entrou em minha sala enquanto eu estava lá — garantiu o professor Boanova.

— Pessoal, não podemos perder mais tempo. Precisamos encontrar esse Mack. Vamos olhar a gravação das câmeras de segurança do andar — sugeriu Hórus.

O grupo deixou a sala de reunião pedagógica e se dirigiu para a sala de TI. Após olharem as câmeras, não perceberam ninguém diferente entrando na sala do nono ano, além dos alunos, do professor de matemática e da professora Celeste, de artes, que era a aula que os quatro estavam perdendo. A única que continuava em sala era Carol, que não tinha ideia do que estava acontecendo com o resto da turma do CP-500. A fita foi avançada até o momento em que a servente foi buscar o cartão.

— Será que algum aluno meu é esse tal de Mack? — perguntou Boanova, visivelmente abalado.

— Ou a professora Celeste? Lembram que chegamos a desconfiar que o Mack pudesse ser uma mulher — sugeriu Gui.

— A sugestão do menino Guilherme faz sentido — adiantou-se Boanova.

— Impossível, pois já sabemos que o Mack é uma pessoa mais velha. Mas não é impossível que algum aluno seja conivente. Pode até ser que algum aluno seja filho desse bandido — lembrou Lena.

— Ai, que coisa horrível! — declarou Sacramento. — Por que uma coisa assim está acontecendo aqui no colégio? Nunca vivemos algo nem parecido. Lembra, Boanova, como os alunos tinham comportamentos exemplares? A sua turma era uma das melhores.

Lena mostrou-se surpresa com a informação:

— O senhor estudou aqui, professor?

— Estudei, estudei. Mas, agora, Afrânio, o que vocês vão fazer?

— Todos nós estudamos, Maria Helena — completou Hórus. — Esse colégio faz parte da nossa história.

Fred e os amigos se olharam. De alguma forma, eles também se sentiam assim.

— Vamos acessar a conta do colégio — propôs Afrânio.

A diretora conectou o modem no notebook e acessou a conta bancária do colégio. Não precisou muito para que Hórus notasse vários pagamentos de valor bem maior para as contas dos atletas-fantasmas.

— Sacramento, como você não percebeu todos esses pagamentos? — perguntou Afrânio.

— Eu normalmente não cuido disso, Afrânio. Sempre foi a Mônica do Financeiro quem controlava as contas, mas ela está de licença médica; a pobrezinha foi atropelada enquanto andava de bicicleta, lembra? E, com todas as providências dos Torneios Estudantis, não tive tempo de acessar a conta. Já era bastante ter que me preocupar em assinar documentos, passar cheques, contactar...

— Quem sabe se até mesmo esse acidente da Mônica não tenha sido realmente um acidente — interrompeu Afrânio, pensativo.

— Minha nossa! — A diretora se levantou, aterrorizada. — Ai, que isso está virando um pesadelo! Mas será que esse Mack iria se arriscar tanto em razão de uma ninharia?

— Talvez essas contas tivessem um objetivo maior: receber o dinheiro do patrocínio. — sugeriu Afrânio.

Sacramento voltou a se sentar:

— Ah, então, podemos relaxar, pois o depósito ainda não foi feito. Eles mandaram um e-mail pedindo pra confirmar a conta do depósito, mas ainda não concluíram a operação.

Hórus e Afrânio se entreolharam, preocupados.

— Mostre-nos esse e-mail, diretora! — declarou Afrânio.

— Meus amigos, eu adoraria ficar pra ajudar mais um pouco, mas preciso descansar, pois essa gripe está me matando, já foi e voltou várias vezes, além do que, tenho um compromisso inadiável. Sei que vocês vão conduzir as investigações da melhor forma possível. Mantenham-me informado de suas conclusões.

— Pode ir, Boanova. Não se preocupe. Se tivermos novidades, te ligo mais tarde.

— Faça isso, Hórus. No que eu puder ajudar, diretora, estou à disposição.

— Obrigada, Boanova.

Antes de sair, o professor se voltou aos alunos:

— E, crianças, não se metam mais nessa história. Vocês já correram sérios riscos. Isso pode ser muito perigoso, e tudo para proteger uma máquina sem qualquer valor.

— O Billy tem muito valor para nós, professor. E para o William, também. — Fred se irritou.

— Mas a segurança de vocês tem que ter mais valor ainda.

— Pessoal, desculpa, mas precisamos avançar nessa investigação — interrompeu Afrânio.

— Claro, claro, professor. Já estava saindo.

— Obrigada, professor, pela preocupação — adiantou-se Lena.

Fred não gostou da forma como o professor de matemática falou. Sabia que era uma operação perigosa, mas eles estavam mais do que envolvidos. E não tinham sido os alunos que procuraram isso, mas o próprio Mack — que invadira o colégio e os envolvera naquela situação.

Depois que o professor de matemática saiu, Hórus e Afrânio analisaram a caixa de e-mails e não custaram a descobrir uma mensagem de confirmação da empresa patrocinadora, cujo histórico trazia outro e-mail, supostamente enviado pela diretora. Nesse novo e-mail, havia uma retificação informando um novo número de conta.

— Vejam, é a conta que estava no cartão perfurado! — Fred rapidamente deduziu.

— Meu Deus! Então esse dinheiro já pode ter sido depositado? — perguntou Sacramento, muito nervosa.

— Infelizmente, sim. Vou fazer uma ligação e já descubro de que banco é essa conta — avisou Afrânio.

Dez minutos depois, eles tinham a resposta. A agência e a conta eram do Banco Banvit, em que só se movimentavam as contas virtualmente, por banco 24 horas ou pela internet. Eles usaram o último número como senha e tentaram o acesso, obtendo sucesso na operação. Mas já era tarde demais. O extrato mostrou várias transferências de milhares de reais vindas das contas fantasmas para a conta do Banco Banvit, que foi finalizada um dia antes, com uma grande transferência do valor do patrocínio. Contudo, o saldo estava zerado. O total tinha sido transferido naquele dia para uma conta de um banco estrangeiro. Hórus buscou o comprovante da última operação e descobriu que a mesma tinha sido feita menos de uma hora antes.

— Droga! Por muito pouco! — vociferou Hórus.

— Mas mesmo que tivéssemos conseguido descobrir a conta, como poderíamos ter impedido a transferência? — lamentou-se Sacramento.

— Eu poderia ter tentado com meus contatos, Sacramento — observou Afrânio.

A diretora, vendo aquilo, sentiu-se mal. Só se recuperou com um copo d'água trazido por Hórus.

— Vejam, acessei a página desse banco estrangeiro. Aparece o primeiro nome do correntista: William — revelou Afrânio.

— De novo, o mesmo nome do criador do Billy — observou Lena.

— Do que você está falando, Maria Helena? — perguntou Sacramento.

Fred explicou a coincidência dos nomes e a pesquisa que fez, descobrindo os pseudônimos que Mack usava ao assinar a autoria dos vírus.

— Vou contactar um delegado amigo meu. Sacramento, será preciso que você faça uma denúncia oficial do caso — avisou Afrânio.

— Mas, Afrânio, se isso cair na imprensa, será um escândalo. É capaz de eles cancelarem a competição.

— Fique tranquila. Esse meu amigo é muito discreto. Agora, crianças, é melhor vocês irem pra casa e não se meterem mais nessa história.

— Sim, professor — respondeu Lena pelos amigos, para insatisfação de Fred.

Os quatro encontraram Carol, na saída, e ela mal pôde acreditar em tudo que lhe contaram. A história ainda não tinha terminado. Combinaram uma reunião, à tarde, na casa de pedras.

Capítulo 20

Quando Fred e Carol entraram em casa, o pai estava no sofá vendo as provas do bimestre.

— Filhos, as notas de vocês continuam ótimas. Parabéns!

— Obrigado, pai.

— Obrigada, paizinho.

— Vendo essas provas, me lembrei do meu tempo no Colégio Ilíada.

— Há muito tempo você não fala dessa época — comentou Fred enquanto ele e a irmã sentavam para ouvi-lo.

— É, talvez não comente muito, pois não éramos muito santos — revelou Alberto, rindo.

— O que vocês faziam, pai? — perguntou Carol, intrigada.

— A turma aprontava, mas nunca deixávamos os professores perceberem. Além disso, colávamos demais. Coisa que vocês não devem fazer. Só tinha um colega que não gostava que colássemos dele. Era o Clóvis. Ele era muito estranho. A começar, porque detestava o nome dele. Lembro que só tinha um amigo, o William, que estudava na turma B. Grande figura o Clóvis Kendall.

Fred olhou para a irmã, para verificar se ela havia percebido o mesmo que ele, mas além de uma ouvinte atenta, ela não parecia ter notado nada diferente.

— Sobrenome diferente esse Kendall — comentou Carol.

— É americano. O pai era americano, mas parece que tinham pouco contato. Ele morava sozinho com a mãe.

— Você não o viu mais, pai? — perguntou Fred, interessado.

— A última vez em que eu estive com o Clóvis tem uns dez anos. Ele trabalhou dois meses comigo. Foi o William que arranjou o emprego pra ele. Mas o Clóvis era um cara arredio e acabou sendo demitido. Acho que, nessa época, o Hórus também trabalhava na mesma empresa.

— Pois é, pai, outro dia — comentou Fred, olhando disfarçadamente para a irmã —, o professor Hórus comentou que vocês trabalharam juntos. E vocês também estudaram juntos, não foi?

— Não trabalhamos diretamente, mas ele trabalhou na mesma empresa que nós. E, sim, estudamos juntos. Não éramos da mesma panelinha, se é que vocês me entendem! — Alberto riu. — Ele veio transferido da turma B, no último ano. Mas mantivemos contato. Ele era muito amigo do William e depois ficou amigo do Clóvis.

— Então, você, o professor Hórus e esse Clóvis seguiram na área de informática.

— Isso. Somente nós e o William seguimos nessa profissão. O resto da turma, pelo que fiquei sabendo, foi ser médico, engenheiro, advogado, ou tentou ser jogador de futebol. — Alberto riu novamente.

— Esse Clóvis trabalhava com os computadores de grande porte, pai? — perguntou Fred, já intrigado.

— Ah, sim. Ele só trabalhava com mainframe. Tinha uma grande aversão à microinformática. Na realidade, ele odiava os computadores menores. Dizia que só serviam pra joguinhos idiotas. Ele se especializou em tudo de grande porte. Ele foi o único de nós que fez mestrado e pretendia fazer doutorado. Mesmo na época do colégio, os colegas já o chamavam de Mestre Ack.

— Mestre Ack? — falou Fred, mais alto do que gostaria. Em seguida, olhou para a irmã, torcendo para que ela estivesse prestando atenção em cada detalhe. — O que significava isso, pai? — complementou num tom de voz mais baixo.

— Mestre Amalucado Clóvis Kendall — disse o pai, sem graça. — Mas, apesar da maldade, o Clóvis sempre foi um analista de sistemas muito competente. Analista e programador. Ele não só projetava os sistemas, como codificava também.

— Codificar? — perguntou Carol sem entender o significado.

— É a mesma coisa que programar, minha filha. É quando a gente pega uma ideia, no caso, pensada pelo analista de sistemas, e transforma aquilo numa linguagem que só o computador entende.

— E os computadores de grande porte usavam cartões perfurados, não é mesmo? — Fred estava começando a encaixar várias peças.

— Ah, sim. E o Clóvis sabia decodificar um cartão perfurado tão rapidamente quanto uma máquina. E tinha mania de perfurar cartões para guardar suas senhas. Não conseguia lembrar das senhas, nem onde as anotava. Então, sempre perfurava um cartão, como se fosse sua agenda. Dizia que não havia problema carregar sempre os cartões com as senhas, pois, se um bandido achasse, não ia entender nada.

— Uma curiosidade, pai, como ele era fisicamente?

— Ah, da minha cor, um pouco acima do peso...

— E a altura. Do seu tamanho, do tamanho do seu Ari?

— Ah, não sei exatamente, não era da minha altura, com certeza. Talvez fosse um pouco mais alto que o Ari.

Fred se levantou num impulso:

— Pai, desculpe, mas preciso ver um trabalho da escola. Podemos continuar conversando depois.

— Claro, filho! Eu também preciso sair para fazer algumas compras. A geladeira está quase vazia.

Fred puxou Carol para o quarto. Assim que entraram, ele contou sobre suas desconfianças.

— Então era por isso que você estava tão interessado... O papai estudou com o Mack. Não só com o Mack, mas com o William também. Bem que alguma coisa no nome Clóvis *Kendall* me despertou a atenção. É o final de Mack, como se fosse uma sigla.

— Que se completa com o apelido que deram pra ele: Mestre Amalucado. E eu já tenho quase certeza de quem é o Mack.

— Sério?! Quem?!

Fred pegou um DVD na estante.

— Vamos comigo no Billy. Se eu estiver certo, Carol, esse DVD irá confirmar minhas suspeitas.

— Você está vendo, Carol? Ou melhor, ouvindo?

— Sim, Fred. Parece que são a mesma pessoa. Inacreditável!

— Billy, você pode comparar a voz do Mack com a voz dessa gravação?

— Sim. Billy pode comparar. Comparação iniciada... Comparação finalizada. Vozes iguais, com 92% de certeza.

— Billy, identificamos quem é o Mack. Carol, preciso voltar ao Ilíada, mas não posso perder tempo; chama a turma e conta tudo.

Na hora em que eles saíam, Billy fez um comentário:

— Fred já sabe onde achar o Mack. Será que Fred vai achar o William também?

— Não sei, Billy, mas na hora que colocarem as mãos no Mack, talvez possamos descobrir onde está o William.

— Billy fica sozinho sem o William. Billy só não fica sozinho com a turma do CP-500.

Fred e Carol se olharam, enternecidos.

— Billy, achando ou não o William, você não vai mais ficar sozinho. Eu garanto — disse Fred encostando a mão no teclado do computador. Billy respondeu, elevando sua mão, como se ela encostasse no monitor.

Carol se juntou a eles enquanto deixava uma lágrima escapar.

🖥

— Professor, antes de falar com o senhor sobre a minha suspeita, decidi comparar a voz do Mack, em conversas que o Billy gravou, com a voz da palestra de boas-vindas do ano letivo, que tenho em DVD, e o programa confirmou que são da mesma pessoa. Eu também lembrei de um incidente que aconteceu no pátio com um colega do sétimo ano, que também está no time de vôlei. É o Eduardo. Liguei pra ele e perguntei em qual professor ele tinha esbarrado, no dia em que pegamos os kits de atleta.

— Sim, conheço o Eduardo, é meu aluno. Mas o que tem isso a ver com suas suspeitas? — perguntou Hórus, ainda estupefato com a revelação que acabara de ouvir.

— Ele estava voltando para pegar a carteira, eu acho, quando esbarrou no Gui. Ficamos sabendo que ele tinha acabado de esbarrar em um professor que estava muito nervoso, e era um professor que não dava aula pra ele.

— E?

— Bem, foi nesse dia, logo em seguida, que eu achei o primeiro cartão perfurado.

— E ele confirmou que tinha esbarrado no professor Clóvis?

— Sim, professor Hórus. Ou podemos dizer que ele tinha acabado de esbarrar no professor Clóvis Boanova Kendall, mais conhecido como Mestre Ack, ou Mack.

Hórus se levantou e caminhou pela sala, durante algum tempo, buscando processar as pistas que seu aluno lhe trazia.

— Ele sabia de todos os nossos passos. Agora todas as peças se encaixam. Quando trabalhamos juntos, lembro que ele já estava apresentando um comportamento estranho. Até decidir que ia largar a informática pra ser professor. Agora entendo o que ele queria.

— Mas precisamos de provas. Se pudéssemos ter a imagem dele no dia em que me pegou no vestiário...

— Eu verifiquei as imagens desse dia. Só deu pra ver alguém com um sobretudo preto.

— E depois?

— Depois que o Boanova saiu de lá, ele seguiu em direção à entrada do prédio e não voltou a aparecer no vídeo.

— Talvez tenha se escondido dentro do colégio.

— Sim, é possível. Vou buscar os vídeos das câmeras internas. Mas agora precisamos detê-lo, antes que ele fuja do país. Vou ligar para o Afrânio e para a Sacramento.

Capítulo 21

Rio de Janeiro,
Terça-feira, 3 de maio. 8:00

A arquibancada estava em silêncio. Eles já tinham compreendido que o silêncio era importante numa competição de tiro com arco.

Na quadra, havia sido montado um ambiente para a disputa indoor. Todos os atletas estavam utilizando o arco recurvo. Os alvos foram colocados a uma distância de 30 metros, tanto para as equipes masculinas, quanto para as femininas. Para os torcedores da arquibancada, parecia impossível acertar o centro do alvo daquela distância a que atiravam. E eles nem tinham tido a oportunidade de assistir a uma competição outdoor, feita ao ar livre, na qual a distância podia atingir noventa metros para os homens e setenta metros para as mulheres.

Entre os quatro finalistas, o Ilíada havia conseguido classificar dois alunos: Roberto, do oitavo ano, e Verônica, do nono ano. Considerando o número par de atletas de ambos os sexos, houve uma alteração de última hora no regulamento, estabelecendo dois títulos: o masculino e o feminino.

Naquela final, havia quatro alvos enfileirados, montados sobre cavaletes. Os alvos eram feitos de papel, com círculos concêntricos, de cores diferentes. Mais ao centro ficavam os círculos amarelos, que pontuavam 10 e 9 pontos; depois os vermelhos, de 8 e 7 pontos; seguidos dos azuis, de 6 pontos.

As fases classificatórias para os Torneios Estudantis foram simplificadas em razão da falta de experiência dos alunos. Em cada rodada, cada arqueiro-aluno posicionou sua flecha na corda do arco, ajeitando a mão abaixo da mandíbula, e a atirou 36 vezes, em seis séries de três flechas, em cada uma das duas rodadas. A cada série, eles se aproximavam dos alvos, contabilizavam os pontos e voltavam para esperar o aviso da próxima série.

A vibração da arquibancada acontecia quando o placar era divulgado no telão instalado pela diretora Sacramento. Roberto estava avançando bem. Nas primeiras duas séries, havia conseguido ficar em primeiro lugar, com 56 pontos, com três flechas de 10 pontos, duas de 9 e mais uma de 8. A primeira posição ia sendo alternada entre ele e um arqueiro de um colégio tradicional da Barra. Verônica não conseguiu superar sua adversária do Colégio Militar, que já vinha treinando para os jogos militares, mas foi ovacionada ao final por ter conseguido se sair tão bem num esporte no qual não tinha qualquer experiência anterior.

Ao final, o Ilíada ficou com o título masculino dos Primeiros Torneios Estudantis, na categoria Tiro com Arco. A arquibancada não só ficou feliz com o resultado, como encantada com o esporte que desconhecia até então.

Ana Cristina Melo

Rio de Janeiro,
Terça-feira, 3 de maio. 11:00

A arquibancada parecia estar compensando o tempo em silêncio durante a competição do tiro com arco, pois fazia um barulho estridente nos intervalos dos sets da competição de vôlei. Seguido ao tiro com arco, foi a vez do time feminino entrar em quadra. Não foi difícil para a equipe de Carol e Lena vencer as adversárias do Colégio Militar por 2 sets a 1.

Logo em seguida, foi a vez do time masculino. Fred estava bem diferente do jogador distraído do primeiro jogo. Aliás, durante os jogos classificatórios, sua atuação havia melhorado consideravelmente. Apesar de saber que Mack ainda estava foragido, tinha a sensação de dever cumprido. Não cabia mais a ele tentar achar o professor Boanova. Isso, agora, era um trabalho para a polícia. Não só localizá-lo, como conseguir recuperar o dinheiro roubado do colégio.

O time adversário deu trabalho, mas a equipe masculina foi guerreira e conseguiu levar o título para o Ilíada, com um resultado de 2 sets a zero.

— Parabéns, meninos... e meninas! Vocês encheram o Ilíada de orgulho com essas vitórias. Bem, pela vitória e por outras coisas também — disse Sacramento depois do jogo masculino de vôlei.

— Obrigado. Estamos muito felizes com o resultado — respondeu Fred, em nome do grupo.

— E pensar que a senhora queria nos tirar do time — disse Carol, sarcástica, e levou um beliscão do irmão.

— Vocês precisam entender...

— Está tudo bem, diretora — intrometeu-se Lena. — Reconhecemos que pisamos na bola. Mas já pagamos por isso, com a suspensão de três dias da semana passada, além de passar o feriado vendo todos mergulharem enquanto nós fazíamos aquele trabalho de voluntários. — Ficava enojada só de lembrar o lixo que teve que recolher da praia.

A punição tinha sido negociada com os pais dos alunos, que ficaram assustados com a confusão na qual seus filhos tinham se metido. Eles foram recrutados para percorrer as praias da Barra num trabalho voluntário de conscientizar os banhistas de que deviam deixar não só as praias limpas, como a cidade também. Enquanto alguns deles distribuíam panfletos para orientar os banhistas, outros recolhiam lixo reciclável e entregavam saquinhos para que os frequentadores da areia colocassem o lixo orgânico.

Lena terminou aquela tarefa com vontade de fazer uma campanha bem maior, prendendo quem largava lixo em qualquer lugar.

— Bem, recolher aquelas latinhas todas foi até divertido! — comentou Cadu.

— Eu não achei nada divertido! — reclamou Gui.

— Pessoal, acho que essa história está encerrada, não é? Nós burlamos várias regras e foi uma boa forma de pagarmos por isso — declarou Fred.

Todos balançaram a cabeça, concordando. Sacramento deu um sorriso compreensivo.

— Isso mesmo, crianças — o grupo fez uma careta ao ouvir a palavra. — Está bem, já entendi, vocês não gostam de serem chamados de crianças e têm razão. Já são jovens, adolescentes que estão amadurecendo e precisam saber que todos os nossos atos têm consequências, para o bem ou para o mal, independentemente do que nos motivou a agir. Isso faz parte do trabalho de ensinar.

— Poxa, pena que o Bernardinho não pôde vir! — lembrou Gui, decepcionado.

A diretora suspirou:

— Ah, nem me fale! Ele teve um compromisso inadiável. Mas ele estava empolgado pra participar dessa iniciativa. E, com a experiência dele como técnico da seleção brasileira, imagina como nossos Torneios ganhariam em status com a presença dele! Mas, tudo bem, já entrei em contato com outro jogador da Geração de Prata e ele ficou de nos fazer uma visita, talvez mês que vem.

— Quem é? — Gui estava interessado.

— Segredo! — Sacramento riu.

— Falando em segredo, ainda não conseguiram prender o Mack? — perguntou Gui.

— Não! Mas tenho certeza de que logo, logo, a polícia conseguirá. Oh, é tão difícil aceitar que um mestre, um professor tão competente quanto o Boanova seja um bandido...

— Meu pai disse que ele era estranho desde a época em que estudaram juntos.

— É verdade, Fred. Eu era professora do Ilíada nessa época.

— A senhora? — Lena se surpreendeu. — Mas a senhora é tão nova!

Sacramento riu, sem graça.

— Eu comecei a lecionar muito cedo. Trabalhar com educação sempre foi meu sonho. O estágio do meu Curso Normal...

— Curso Normal? — interrompeu Cadu.

— Cadu, não a interrompa! — repreendeu Lena.

— Tudo bem, Maria Helena. Já se mudou tanto a nomenclatura adotada no ensino, que realmente os jovens de hoje estranham esses termos. O Ensino Médio daquela época, para quem cursava a formação de professores, era conhecido como Curso Normal. E nós éramos obrigados a fazer um estágio no último ano. E eu consegui esse estágio aqui no Ilíada. E passei a amar esse colégio desde então.

— Puxa, diretora, que história bonita.

— Pois é, Maria Helena. Acho que, para ensinar, precisamos amar o que fazemos. Aliás, para exercer bem qualquer profissão, precisamos amá-la, amar o que se produz a partir dela; senão tudo perde o sentido. Até mesmo um gari precisa gostar de ver a rua limpa depois que ele fez seu trabalho.

— O professor Boanova amou a profissão dele da forma errada, não foi? — deduziu Lena.

— É, querida. Infelizmente, muitas pessoas se confundem. Bem, agora eu preciso ir. Comemorem, pois vocês merecem.

Eles agradeceram. Lena lembrou que a festinha que a mãe havia marcado para sábado estava de pé. Gui abraçou e beijou a namorada, causando um desconforto em Fred.

— E, se a gente não ganhasse, a festa não ia ter sentido.

— Não tinha importância, Gui. Minha mãe disse que termos chegado à final já era uma vitória que merecia ser comemorada. Você e seu pai vão, não é, Fred?

Fred, que estava distraído, precisou ser cutucado pela irmã.

— Ah, sim, meu pai disse que vai.

— E você? — perguntou Lena, parecendo desapontada.

— Sim, eu também vou.

— Bom, que tal um banho? A equipe combinou de comemorar numa pizzaria, agora de tarde! — propôs Gui.

Todos concordaram e Gui fez questão de acompanhar Lena para longe do grupo. A turma se dispersou, sem saber quantas revelações a festa de Lena traria para cada um.

```
Rio de Janeiro,
Quarta-feira, 4 de maio. 17:00
```

— Próxima letra.

— X — arriscou Lena.

— Não existe. Billy vai desenhar a perna direita do boneco...

— A palavra é transmissão.

Todos se voltaram para a porta, identificando quem tinha dado o palpite no jogo que seguia entre Billy e os quatro amigos.

— Fred acertou a palavra. Fred ganhou o jogo da forca.

— Até que enfim você chegou! Esse já é o sétimo jogo que o Billy nos faz jogar — Carol debochou.

— Desculpem. Estava conversando com o papai e acabei me atrasando.

— Conversando o quê?

— Coisas do papai, Carol.

Ignorando a expressão desconfiada da irmã, Fred perguntou aos amigos: — Vocês já contaram pra ele?

— Não, estávamos esperando por você — avisou Gui. — Contamos apenas do resultado do torneio.

A turma do CP-500

— Billy diz parabéns para a turma do CP-500. Billy quer uma foto da turma campeã. A turma do CP-500 tem algo para contar para o Billy?

— Vamos tirar essa foto, sim.

— E temos, sim, Billy, algo para contar — adiantou-se Lena. — Descobrimos quem é o Mack.

— A turma do CP-500 descobriu o Mack. Fred e Billy fizeram pesquisas. As pesquisas ajudaram a descobrir o Mack?

— Ajudaram, sim, Billy. Sem você não teríamos conseguido.

— Mack é o professor de matemática do colégio da turma do CP-500.

— Bela dedução, Billy. Foi isso mesmo — observou Lena.

— A turma do CP-500 pode perguntar para Mack onde está William?

— Billy, infelizmente ainda não é possível, pois Mack fugiu — desculpou-se Fred. — Vamos contar tudo que sabemos até agora.

Na hora seguinte, Billy pôde ouvir toda a história, narrada por cada um dos amigos da turma do CP-500. Mesmo usando toda a sua lógica, não conseguia gerar conhecimento para os extremos que os seres humanos cometem, e nem mesmo nós conseguimos compreender.

Os amigos, antes de seguirem cada qual para suas casas, resolveram verificar o entorno da casa para garantir se tudo estava em ordem.

— O que vai ser do Billy, se não acharmos o William? — perguntou Lena, enquanto checava as janelas que davam para o quintal.

— Não sei, Lena, mas conversei com meu pai sobre a possibilidade de levarmos o Billy lá pra casa.

— O que o seu pai disse?

— Que não acha certo. Estaríamos cometendo um crime se tirássemos o Billy daqui.

— Mas o Mack está foragido. E se ele aparecer aqui e tentar fazer alguma coisa contra o Billy? — perguntou Lena.

— Duvido que ele venha aqui, mas se ele aparecer no condomínio, meu pai vai avisar ao professor Hórus no mesmo instante.

— O professor Hórus está muito empenhado para encontrar o Boanova. Ele se sente culpado pelo amigo ter aplicado esse golpe — disse Fred.

— Ele não pode se sentir culpado por ter tentado ajudar um amigo, dando-lhe um emprego — observou Cadu.

— Tem razão, Cadu. Às vezes, em nome de uma amizade, tomamos caminhos que podem não ser os melhores — declarou Fred, meio enigmático.

Lena tentou interpretar o que ouvira. Nos últimos tempos, precisava de muita ajuda para tomar decisões.

Capítulo 22

```
Rio de Janeiro,
Sábado, 7 de maio. 13:00
```

— Como estou, mãe? — perguntou Lena, alisando o vestido.

— Está linda, como sempre! Mas estou desconfiada de que essa produção toda não é para o seu namorado — provocou Solange.

Lena se sentou na beirada da cama, parecendo triste.

— Ah, mãe, acho que foi um erro eu aceitar namorar o Guilherme.

— Por quê? Você mesma disse que gosta dele.

— Sim, eu gosto, mas não do jeito que basta pra namorarmos. Ele faz todas as minhas vontades, mas eu não consigo ficar completamente feliz ao lado dele...

— Enquanto que se fosse ao lado do...

— Ah, mãe, também não sei se eu estaria feliz se...

— Não tenha medo de dizer o que sente.

— Não sei se é medo. Mas o Fred nunca demonstrou gostar de mim além do que gosta como uma amiga. Como eu poderia dizer a ele que estava apaixonada?

— Às vezes é preferível sermos francos, porque ficar conjecturando sobre o que poderia ter sido é o que realmente nos faz infelizes.

— Eu contei pra ele que o Gui tinha me pedido em namoro. Só bastava uma palavra dele. Um gesto demonstrando que ele tinha ficado triste, mas ele, às vezes, parece tão frio...

— Essa relação dele com a mãe deixa tudo mais complicado — concluiu Solange, dando o último retoque na maquiagem.

— Pra ele e pra Carol. Você acha que ela vai aceitar o seu namoro com o pai dela?

— A conversa que o Alberto teve com ela não foi nada fácil. Ele não quis entrar em detalhes, mas me disse que ela chorou, saiu batendo porta, depois se acalmou.

— Ela é tinhosa.

— Eu me coloco no lugar dela, filha. O lugar da mãe é sagrado. Ela teme que esse lugar seja ocupado, mas não pretendo fazer isso.

— Acho que é puro egoísmo. Ela não pode achar que a vontade de ver os pais juntos seja maior que a felicidade do pai. Carol às vezes é muito mimada.

— Ainda bem que podemos contar com o Fred, não é?

Lena disfarçou, mas acabou confirmando:

— É, parece que nossas famílias estão ligadas mais do que esperávamos.

Solange riu e puxou a filha para a sala.

Rio de Janeiro,
Sábado, 7 de maio. 14:10

Já estavam todos reunidos. No sofá de três lugares, sentaram-se Alberto, Carol e Fred. No outro sofá, ficaram Sérgio e sua mulher. Gui estava em pé, atrás de Lena, que se acomodou numa das cadeiras decorativas. Solange circulava pegando petiscos na cozinha, mas, de vez em quando, apoiava-se no braço do sofá, ao lado de Alberto, o que causava certo mal-estar na sala, em função do olhar de reprovação de Carol. Cadu estava sentado na cadeira ao lado de Lena. Ari tinha aproveitado a folga para ficar com a esposa, que não estava se sentindo bem.

A conversa tinha iniciado com os planos de cada jovem para o ano seguinte — que seria o primeiro do Ensino Médio para a maioria —, seguira abordando a qualidade do Ilíada — que devia ser a opção de todos, exceto Cadu —, até chegar aos Torneios Estudantis. Depois da comemoração dos jogos, logo aportou um novo assunto: o mistério da casa de pedras.

— Onde será que o William se meteu, não é? — perguntou Alberto, preocupado com o ex-colega.

— Esse é um mistério que ainda não foi resolvido — comentou Sérgio, enquanto pegava alguns petiscos no centro da mesa. — Aliás, se, por um lado, bateu certo orgulho do trabalho que essas crianças fizeram, por outro, elas foram muito imprudentes se metendo com um bandido.

— Mas esse bandido já estava metido conosco, pai, afinal, ele era nosso professor!

Fred se surpreendeu com o amigo e resolveu socorrê-lo.

— É verdade, seu Sérgio. O Gui tem razão. Nós já estávamos envolvidos quando o Mack invadiu o sistema do colégio e plantou o vírus. Nós seríamos prejudicados de qualquer forma, pois ele estava roubando nossas bolsas.

— Mas concordo com o Sérgio, meu filho, foi muito perigoso o que vocês fizeram. E essa história, então, de ficarem sozinhos numa casa vazia com esse robô.

— O Billy é mais do que um robô, pai!

— Seu pai tem razão, Fred. Vivo dizendo isso pra Maria Helena. O que acontece na ficção nem sempre dá certo na vida real. E nem sempre o que acontece na vida real dá uma boa ficção. É preciso ter bom senso para separar os dois lados. Detetives de livros sempre se dão bem. Na vida real, não é bem assim.

— Concordo com você, Solange.

— Agora você vai concordar com tudo que ela fala, pai? — reclamou Carol, fazendo bico.

— O que é isso, Carolina? Que modos são esses?

— Foi mal! — desculpou-se ela, contrariada.

O clima parecia que iria mudar, mas Lena e Fred se entreolharam, e decidiram amenizar a situação.

— Vocês têm razão, sim. O Fred e eu já havíamos falado sobre isso outro dia. A gente vai se manter longe de confusão daqui pra frente.

— Melhor assim! — declarou Sérgio. — Vocês continuam indo na casa de pedras?

— Sim, pai. O Billy não pode ficar sozinho, largado lá, não é?

Lena olhou para o namorado com carinho. Realmente era bobagem não investir naquela relação.

— Quando o William voltar, vou querer conhecer esse Billy — comentou Alberto. — Antes disso não acho certo invadir a casa dele. Sinceramente, acho que nem vocês deviam ir lá, mas, pelo argumento do Guilherme, realmente algo tão valioso como esse computador não pode ficar largado numa casa abandonada. Além disso, tem o tal depoimento que o William deixou, não foi?

— Isso mesmo, pai.

— E esse tal de Mack, nem sinal? — perguntou Solange enquanto apoiava uma tábua de brioches na mesa de centro.

— Não, mãe!

— Que coisa horrível! Logo um ex-aluno e professor do Ilíada cometendo um crime desses!

— Pois é, Solange, o Clóvis sempre foi um cara estranho. Mas ser estranho não é crime em lugar algum. O problema é que ele tinha um desvio de comportamento.

— Ele, em sala de aula, era uma pessoa normal. Inclusive, era um ótimo professor. Eu gostava muito dele — comentou Fred.

— Acho que a maioria não desgostava dele — observou Cadu.

— Mas descobriram alguma coisa a partir da conta em que estava sendo recebido o dinheiro desviado? — perguntou Sérgio.

— O estranho é que a Polícia Federal descobriu que a conta estava em nome de William Stiller — explicou Fred.

— Esse é o sobrenome do dono do Billy? — perguntou Solange.

— É, sim, mãe.

— Então, será que esse William está envolvido com o Mack?

— Não acredito, Sérgio — defendeu Alberto. — O William era um profissional de comportamento exemplar na empresa em que trabalhamos. Pelo que o Fred me contou, ele cortou relações com o Clóvis quando descobriu atos ilícitos dele. Não duvido que o Clóvis tenha falsificado documentos do William para abrir essa conta, ou algo nessa linha.

— Também não acredito que o William esteja envolvido, seu Sérgio. Alguém capaz de desenvolver um sistema tão precioso como é o Billy não o faz para o mal. O Billy foi desenvolvido quase como se fosse uma criança. Um robô-criança.

— Isso combina bastante com o que me lembro dele. O William era um cara muito inteligente, fascinado pela microinformática.

— Acho que o Mack tentou se fazer passar pelo amigo. Até quando foi comprar o computador que ele marretou lá na escola, ele foi com uma barba postiça, do mesmo tipo de barba que o William usava.

— Mas, sem pistas, vai ser difícil pegar esse cara!

A conversa foi interrompida pelo telefone. Solange foi atender e todos prestaram atenção na conversa, cujo interlocutor parecia ser alguém do colégio.

— Quem era, mãe? — perguntou Lena quando a ligação foi encerrada.

— Era a Sacramento. Ela sabia que estavam todos reunidos aqui. Pediu pra avisar que o Mack acabou de ser preso.

Todos deram um grito de comemoração.

— Como foi isso, dona Solange? — perguntou Fred, entusiasmado.

— Parece que, ao tentar descobrir o paradeiro do verdadeiro William, a polícia descobriu que ele havia remarcado uma passagem de quatro meses atrás para ontem.

— Pra onde era essa passagem? — perguntou Alberto.

— Saía de São Paulo pra Califórnia, nos Estados Unidos. A polícia foi até o aeroporto procurar o William e acabou descobrindo o Boanova, com uma barba postiça, cheio de documentos falsos, tentando embarcar no lugar dele.

— E o William verdadeiro, ele disse onde está?

— Não, Cadu. Parece que ele alegou que pegou os documentos do verdadeiro William aqui na casa de pedras, porque ele estava desaparecido, mas que não sabia de seu paradeiro.

— Caramba, será que ele está falando a verdade? — duvidou Cadu.

— Algo me diz que não — opinou Gui.

— É, mas parece que há um problema nessa prisão. Eles ainda não têm como provar que foi o professor Boanova que desviou o dinheiro. Então, por enquanto, eles o prenderam por falsidade ideológica, por estar usando os documentos de William. Parece que até o passaporte estava com ele.

— Então o William não chegou a viajar! — concluiu Fred.

Muitas possibilidades foram levantadas entre eles para tentar elucidar aquele mistério. Quando o assunto e o clima mudaram, Alberto e Solange aproveitaram o momento para anunciar publicamente que estavam namorando e pretendiam ficar noivos. Não houve nem tempo de eles receberem felicitações, pois Carol reagiu muito mal, começou a chorar e correu para a cozinha.

— Eu vou falar com ela — propôs Solange.

— Não, mãe! Deixa que eu vou lá.

— Eu vou com você — ofereceu-se Fred, deixando Lena agradecida.

Do corredor, era possível ouvir o choro que vinha da cozinha. Lena entrou primeiro e se sentou ao lado de Carol, que estava à mesa, de cabeça baixa. Fred parou à frente delas, para abordar a irmã:

— Carol, não é justo o que você está fazendo com o papai.

Carol levantou o rosto, com raiva nos olhos.

— Não é justo?! Ora, o que você chama de justiça, Fred? Não é justo o que ele está fazendo com a gente, colocando essa...

— Ela parou, se arrependendo, ao lembrar que Lena estava ao seu lado. — Colocando outra mulher no lugar da mamãe.

— Posso te dizer uma coisa, Carol? — Lena perguntou e prosseguiu sem esperar a resposta. — Minha mãe não pretende ocupar o lugar da sua, nem acho que isso fosse possível. O relacionamento dela com seu pai não tem relação com seu relacionamento com sua mãe, nem nunca vai ter. Ninguém está errado nessa história, Carol. Eles apenas se gostam. A questão é muito simples. Eles se gostam e decidiram ficar juntos. Será que dá pra culpar duas pessoas só porque elas se apaixonaram?

Carol olhou para ela, tentando responder, mas antes que as palavras decepcionadas saíssem, desistiu. Lena resolveu prosseguir:

— Seus pais estão separados, Carol. Meu pai não está mais entre nós. Então, eles são livres. Não devem nada a ninguém. Eles têm direito de ser felizes, como nós também queremos ser. Imagina se seu pai fosse contra seu namoro com o Cadu só porque ele é filho do porteiro.

— Não tem nada a ver uma coisa com a outra.

— Tem, sim, Carol. Tem a ver com preconceito. Nesse caso, preconceito com uma nova relação do seu pai. Preconceito com uma pessoa que você nem conhece direito. E só não gosta porque não é a sua mãe.

Carol não pôde deixar de lembrar o que Cadu havia lhe dito usando quase os mesmos argumentos.

— A Lena tem razão. O papai segurou as pontas sozinho. E ele não estava feliz. Lembra quando comentamos que, nos últimos meses, ele parecia mais animado? Foi a Solange quem provocou isso. Nós não podemos ser egoístas, impedindo que ele seja feliz.

— Mas... e a nossa mãe?

— A nossa mãe não tem nada a ver com isso. Ela é... ela continuará sendo nossa mãe, apenas deixou de ser a mulher do nosso pai. As pessoas têm um péssimo hábito de misturar as coisas. O casamento deles acabou. E só. Isso não muda a relação dela com você, nem de você com o papai.

Carol gostou de ouvir o irmão falar da mãe daquele jeito. Parecia entender que ela sempre ia fazer parte da vida deles. Talvez isso tenha amansado seu coração.

— Vou pensar.

— É o melhor que você faz. Agora, acho que você deve um pedido de desculpas, não só a eles, como aos pais do Gui, não é?

— Tá, eu vou lá pedir desculpas.

Fred sorriu e se aproximou da irmã, puxando-a para um abraço.

— Faça mais do que isso. Tente aceitar essa relação, Carol. Acho que devemos isso ao nosso pai.

Carol balançou a cabeça e se retirou. Lena esperou ela sair para comentar:

— Obrigada, Fred. Sei como foi difícil você falar da sua mãe, mas você ajudou muito.

— Falei apenas a verdade, Lena. Pode ser difícil eu perdoar as atitudes dela, mas ela não vai deixar de ser minha mãe. Pra mim, foi difícil entender e assumir que eu não deixei de gostar dela. Consegui entender que não ter aceitado o que minha mãe fez misturou tudo na minha cabeça, misturou minha percepção do sentimento que eu tinha por ela.

— Falar sobre os nossos sentimentos nem sempre é fácil, não é?

— Não, principalmente quando esses sentimentos machucam tanto.

— Eu gostaria que muita coisa fosse diferente na minha vida, mas nem sempre depende só de mim.

— É, eu sei, seria muito melhor se seu pai estivesse aqui...

— Realmente seria, mas não era disso que eu estava falando...

— Lena! — Solange entrou na cozinha, interrompendo a conversa. — Desculpa atrapalhar...

— Não, mãe, tudo bem!

— Sua irmã está mais calma, Fred, pediu desculpas, e o Alberto propôs, para que o clima melhore um pouco, que façamos uma competição de buraco. Ela não queria, mas o Cadu a convenceu. Estamos precisando de participantes. Vocês topam entrar? Serão quatro duplas. Eu e Alberto contra o Sérgio e a mulher dele, de quem nunca lembro o nome, ai, que vergonha, e a Carol e o Cadu, contra vocês.

— E o Gui? — perguntou Fred, cismado.

— Ele diz que não gosta de jogar buraco. Prefere jogos que sejam rápidos.

— Igual à cortada dele! — comentou Lena, rindo.

Fred se lembrou do campeonato que eles fizeram em Angra, e de Gui sendo o primeiro a se oferecer para ser a dupla de Lena. É, tinha sentido ele não querer jogar agora; afinal, já tinha conseguido a sua classificação no jogo do amor.

As duplas foram montadas e as competições tiveram início, usando as extremidades da mesa de jantar que tinha o formato retangular. A dupla de Solange e Alberto jogava muito melhor que a dos pais de Guilherme. Já a dupla de Carol contra a de Fred estavam em pé de igualdade. O clima foi amenizando conforme o jogo avançava. Entre canastras e petiscos, parecia que tudo ficaria bem, enfim.

Às dezenove horas, os adultos já tinham desistido da partida, enquanto Carol e Lena disputavam ferozmente quem iria conseguir uma canastra real. Na última jogada, Carol teria conseguido se Fred não tivesse detonado seu jogo, ao montar uma canastra suja com o segundo "Ás" de que a irmã precisava. Solange levantou para buscar mais bebidas quando o telefone tocou novamente.

— Deixa que eu atendo aqui na cozinha.

— Será que é a diretora Sacramento com mais notícias? — perguntou Fred.

— Não sei — respondeu Lena sem muito interesse.

A possibilidade despertou a atenção da turma do CP-500. Logo, a campainha tocou também. Lena abriu a porta, mas não reconheceu a mulher parada à sua frente, não até ouvir o grito atrás de si.

— Mãe!!!!

Carol correu na direção da porta, praticamente empurrando Lena para o lado, e se jogou nos braços de Vivian.

Solange apareceu na sala demonstrando estar em estado de choque.

— O que foi, Solange? — perguntou Alberto, preocupado.

— Era o Ari... Pra avisar sobre ela.

Talvez percebendo que aquela chegada não seria bem recebida, Sérgio e a mulher avisaram que precisavam ir e Cadu os acompanhou. Guilherme decidiu ficar com Lena para apoiar a namorada.

De repente, a reunião organizada por Solange para comemorar o resultado dos Torneios se transformou numa reunião para relatos de Vivian sobre seu trabalho missionário.

Lena reparou que a mãe, no máximo, conseguiu falar duas frases. Carol queria saber todos os detalhes da viagem e fez com que Vivian manipulasse a reunião. Quando parecia não haver mais assunto, Carol fez uma pergunta que afetou quase todos que estavam na sala:

— Mãe, você não vai mais voltar pra lá, vai?

Vivian fez um carinho no rosto da filha.

— Não, meu amor. Ficarei aqui em definitivo. Vou reabrir meu consultório, mas já decidi que parte do meu tempo será usado para um trabalho voluntário, agora com os necessitados do nosso país. Vou recuperar minha vida aqui, do ponto em que ela parou.

— Não dá pra recuperar o que ficou para trás, mãe! — declarou Fred de forma agressiva.

— Fred, não fale assim! — repreendeu Alberto.

— Deixe, Alberto. São os hormônios adolescentes. Já vim preparada para isso. Meu filho, um dia você será capaz de entender que precisamos olhar muito além do nosso próprio umbigo.

Fred teve vontade de responder, mas a expressão de Alberto o desestimulou.

— Mãe, onde estão suas malas? — perguntou Carol.

— Lá em casa, meu amor!

— Como lá em casa, Vivian?! — perguntou Alberto, num tom de desagrado.

— Ora, pai, onde você queria que a mamãe ficasse?

— Num hotel seria um bom lugar, Carolina.

— Pelo que eu saiba, Alberto, aquele apartamento ainda é meu também.

— Sim, Vivian, mas só até realizarmos a partilha de bens. Caso você não se lembre, estamos separados!

— Nós não assinamos nada, Alberto.

— Vivian, não se faça de boba, que não combina com você! Nós já discutimos esse assunto em exaustão. Eu te avisei há muito tempo que nosso casamento estava acabado.

— Pai, eu quero minha mãe perto de mim. Se ela for para um hotel, eu vou junto.

— Não complica as coisas, Carol — reclamou Fred.

— Alberto, acho que a Carol está certa. O melhor é a Vivian se hospedar com vocês.

— Como me hospedar?! — Vivian perguntou, olhando com despeito para Solange.

— Sim, Vivian. A Solange tem razão. Você pode se hospedar no apartamento que ainda é nosso. Será até bom pra resolvermos o quanto antes nossa situação.

— Não vejo porque tanta pressa, Alberto. Teremos muito tempo pra conversar sobre essa sua ideia.

— A pressa é porque ele está pensando em se casar de novo, mãe! — revelou Carol com veneno.

— Casar?! Com quem, Alberto, pode me dizer?

Solange se levantou, encarou Alberto e Vivian, para declarar antes de ir para a cozinha:

— Comigo, Vivian! Alberto e eu vamos nos casar assim que você fizer o favor de assinar os documentos do divórcio. Vou à cozinha pegar mais comida.

Todos se entreolharam. A reunião estava oficialmente acabada.

Foi Alberto quem propôs que todos fossem embora, alegando que já estava tarde. Fred e Gui foram os primeiros a sair. Lena se despediu dos dois, mas ficou constrangida em beijar o namorado na frente do amigo, o que foi percebido por Gui.

Mesmo assim, ele lhe roubou um beijo bem demorado. Fred, ao flagrá-los nesse carinho, abaixou os olhos e foi chamar o elevador.

Carol passou logo atrás, abraçada à mãe. Alberto saiu por último, não sem antes tranquilizar Solange:

— Nada mudou entre a gente, meu amor, nem vai mudar. Vou resolver essa situação o quanto antes.

— Eu sei que sim, Alberto — respondeu Solange num sussurro.

Ele a beijou na boca, para provar o que tinha dito. Vivian não gostou do que viu e entrou rapidamente no elevador. Se o problema Mack fora resolvido, outros ainda estavam por vir para os membros da turma do CP-500.

Capítulo 23

Rio de Janeiro,
Domingo, 8 de maio. 15:00

Fred propôs ao grupo que se encontrassem na casa de pedras, no final da tarde. Não estava sendo um dia fácil para ele, por ter que passar aquele Dia das Mães ao lado da mãe. O que devia ser um momento de harmonia havia se transformado em horas difíceis de adaptação, com mágoas antigas sendo remoídas. Uma conversa franca precisaria acontecer entre eles, mas Fred ainda não se via preparado para isso. Preferia deixar que a mãe resolvesse seus assuntos primeiramente com Carol e o pai.

Da mesma forma, não estava sendo fácil para ele lidar com o namoro de Lena e Gui. Das últimas conversas que tiveram, chegou a desconfiar de que ela queria lhe dizer algo sobre o relacionamento deles. Mas não importava, nem ele queria saber. Não poderia cometer uma traição daquelas com Gui. Ele não ia entender nunca.

Era nisso que pensava quando encontrou Lena à entrada da casa de pedras.

— Ei, você já chegou?

— Já! Você disse que viria mais cedo. Então, resolvi vir também, pois queria conversar com você antes dos outros chegarem.

— Está bem! Vamos até o quintal.

— Ok!

Eles estavam sentados sob um cajueiro.

— Como foi o almoço com sua mãe?

— Nada fácil! Bem, pelo menos pra mim. A Carol está radiante.

— A situação vai ficar bem complicada agora. Minha mãe não teve nem tempo de conquistar sua irmã e sua mãe já desembarcou de paraquedas.

— A dona Solange não tem que se preocupar com a Carol, muito menos com a minha mãe. O que importa é o sentimento do meu pai. E eu posso garantir que ele está certo do que sente.

Lena respirou fundo e pegou na mão de Fred.

— Foi bom você dizer isso.

— Não entendi! — Fred arqueou as sobrancelhas.

— Foi bom você dizer que o que importa é a certeza do que sentimos. Posso te fazer uma pergunta?

— Pode! — respondeu Fred, desconfiado.

— Você gosta de alguém?

— Por que você está me perguntando isso? — ele retirou sua mão que estava debaixo da dela.

— Por que eu queria saber a sua opinião sobre um triângulo amoroso.

— Um triângulo amoroso?! Que história é essa, Lena?

— É, um triângulo amoroso, parecido com o que está acontecendo entre seus pais e minha mãe.

— Não estou entendendo.

— Se você gostasse de verdade de uma pessoa, você diria pra ela, mesmo que isso fosse magoar outra pessoa, como é o que está acontecendo com seu pai, que teve que confessar o que sente pela minha mãe, mesmo sabendo que a Carol não receberia isso bem?

Fred se levantou e andou alguns passos.

— Fred, quero saber se você confessaria se estivesse gostando de uma pessoa, mesmo que isso magoasse um amigo.

Ele não teve coragem de responder. Andou um pouco mais e parou olhando para a parede dos fundos da casa, sem realmente enxergar o que estava à sua frente.

— Você não me respondeu!

Ele se virou e era visível a tristeza que ele carregava nos olhos.

— É desesperador pra mim pensar que eu posso magoar alguém, principalmente se essa pessoa for um grande amigo, ainda mais pra satisfazer um desejo meu... no caso, pra viver um amor que só eu sentisse.

— E se essa pessoa de quem você gostasse amasse você e não esse amigo? Não seria algo a ser considerado?

— De qualquer forma, seria um amor impossível pra nós... quero dizer, pra mim e essa pessoa.

Lena não soube o que responder. Fred se virou de novo para a parede. Uma fuga que ela agradeceu em pensamento, pois não queria que ele visse a lágrima que escorrera em seu rosto.

Ela foi a primeira a mudar de assunto, percebendo que não teria coragem de confessar seus sentimentos diante do que tinha acabado de ouvir. Estava claro que, se ele gostava dela, não iria lhe dizer. Não enquanto Gui ainda fosse interessado por ela.

— É melhor a gente entrar, então, não é? — propôs ela, dando o assunto por encerrado.

— Ah, sim. Mas... espere um minuto. Antes, dê um pulo aqui, por favor!

— O que foi?

— Lena, você já viu isso aqui?

— O quê?

— Essa parte aqui da parede?

— Onde? — Lena passou a mão para tentar identificar o que seria.

— Aí, nesse ponto, onde você passou a mão.

— Parece uma ranhura... ou uma porta!

— Isso, parece que é uma porta sem fechadura...

— Que só abre por dentro...

— Isso mesmo!

— Vamos entrar e perguntar ao Billy se ele sabe aonde essa passagem vai dar.

▪

— Billy viu Lena e Fred entrando, mas Lena e Fred demoraram 2450 segundos para entrar.

Fred riu depois de ouvir a reclamação de Billy assim que entraram na sala.

— Isso é que é recepção, hein?

— Ele contou o tempo que ficamos lá fora... em segundos.

— Nós estávamos conversando, Billy — explicou Fred.

— Billy não podia ouvir a conversa?

— Você está bem espertinho, hein? — observou Lena.

— Cada vez mais espertinho.

— É, Billy, seu raciocínio está cada vez mais aperfeiçoado.

— Billy fez análises sobre nossas conversas enquanto estava sozinho.

— Impressionante, Billy, você está tomando decisões por conta própria! — Lena vibrou.

— Billy tem uma relação de variáveis que podem ser usadas para tomar decisões.

— Gente, o que é isso que esse William fez? — comentou Lena, impressionada.

— Fred ainda não sabe onde está o William?

— Não, Billy, mas temos uma boa notícia. O Mack foi preso.

— Mack está preso. Mack pode dizer onde está o William.

— Infelizmente, ele disse que não sabe onde o William está. Mas...

Nesse instante, eles ouviram a campainha.

— Quem é, Billy?

Billy caminhou até sua estante. Apertou um botão que trouxe para a tela a imagem da câmera de segurança.

— São o Gui e o Cadu. A Carol não vem, Fred?

— Não! Ela disse que não quer deixar a mãe.

Um minuto se passou até que todos entrassem. Gui se dirigiu diretamente à Lena, e lhe deu um beijo na boca. Ela correspondeu e sorriu. Gui ficou satisfeito.

— E aí, Billy, tudo bem? — perguntou Gui.

— Billy está bem. Billy adora ver a turma do CP-500. Está faltando a Carol na turma.

— Ela não pôde vir, Billy — explicou Cadu.

— Já contou pra ele sobre o Mack? — perguntou Gui.

— Eu estava começando a contar.

Os quatro estavam relatando o telefonema da diretora Sacramento, além de um e-mail que ela havia feito questão de enviar a eles, quando ouviram um forte barulho.

— O que foi isso? — perguntou Lena.

— Não sei! Billy, coloque a imagem das câmeras de segurança! — pediu Fred.

Billy apertou o botão na estante e, na tela, apareceu um homem de sobretudo preto, andando em direção à entrada da cozinha.

— É o Mack! — sussurrou Lena.

— Será que ele fugiu e veio se vingar? — perguntou Cadu, assustado.

— Tenho uma ideia. Rápido, me sigam — propôs Fred.

Ao sinal de Fred, cada um foi para um canto da sala. Fred apagou o abajur e Billy apagou a luz de seu ambiente virtual. Não se podia ouvir sequer a respiração dos quatro. Aos poucos, o som de um sapato de borracha foi chegando mais perto, até entrar na sala. Com os olhos já acostumados com o escuro, eles distinguiram o vulto em seu sobretudo preto. Ouviu-se apenas um estalar de dedos e, nesse instante, os quatro se jogaram sobre o intruso, e Fred o agrediu com a luminária.

O homem caiu no piso, desorientado. Fred se aproximou dele, quando Billy declarou enquanto acendia a luz do seu cômodo virtual.

— Não machuquem o amigo do Billy. Billy está feliz de ver William.

— O quê, Billy? — perguntou Fred, enquanto desvirava o homem para ver seu rosto.

Lena correu e abriu as cortinas, fazendo com que a luz do entardecer clareasse a sala. Todos observaram o homem um pouco sujo, barbudo e zonzo, que não conseguia se levantar.

— Ele não é o Mack! — concluiu Lena.

— Ele não é o Mack. Ele é o William.

— Billy, tem certeza de que é o William? — questionou Fred, mantendo certa distância.

— Claro que sou o William — respondeu o homem, massageando a cabeça.

— Sim. Meu amigo William.

— Oh, Billy, que saudade, meu amigão! — William se levantou com dificuldade e correu para perto do computador.

Cadu foi buscar gelo, que era apenas o que tinha na geladeira.

— Billy sentiu falta do William.

— Eu também senti muita falta sua. Nossa, você não pode imaginar como me fez falta ouvir sua voz. Meu Deus, como você se desenvolveu!

— Fred ensinou muitas coisas novas para o Billy. Billy teve muitas informações para analisar.

— Quem é Fred?

— Sou eu. — Fred deu um passo à frente.

— Nossa, como você se parece com alguém que conheço... Já sei, você é parecido com o... o Alberto.

— Eu sou filho dele!

— Que coincidência!

— Seu William...

— Me chame de William.

— O que aconteceu com você durante esse tempo?

— Eu vou contar... Mas antes eu é que queria saber o que aconteceu aqui durante os meses em que fiquei fora. Ei, cadê meus móveis?

Capítulo 24

A conversa entre os cinco avançou por horas. William ficou preocupado com a aventura que o grupo vivera, buscando descobrir quem era o Mack, mas gostou muito de saber do interesse de Fred por inteligência artificial. Elogiou o trabalho que ele fizera, estimulando a inteligência de Billy.

— Mas o que aconteceu com você? — perguntou Lena, ansiosa.

— Deixa eu contar do início. O Mack me ajudava financeiramente nas pesquisas do Billy. Por uma questão burocrática, abrimos uma conta que, inicialmente, devia ser no nome dos dois, mas acabou ficando só no meu nome. Mas como o dinheiro era nosso, ele tinha acesso à conta, sabia as senhas, depositava e sacava dinheiro. Foi por isso que acabei descobrindo que o Mack estava desviando dinheiro, mas eu não sabia que tinha relação com o Colégio Ilíada. Não podia imaginar. Nós estudamos lá. Aquele colégio é parte da nossa história. É pura loucura o que ele fez!

— E aí? — perguntou Lena.

— Quando descobri, percebi que teria que conseguir

patrocínios para continuar aperfeiçoando o Billy. Fui pra São Paulo, pois viajaria de lá pra Palo Alto, na Califórnia, onde tenho vários contatos no Vale do Silício. Eu trabalhava aqui de casa pra uma empresa do Canadá, que tem sede lá em Palo Alto. Ia viajar pra acertar uns projetos que tinha finalizado, além de tentar levantar um patrocínio pra pesquisas com o Billy. Quando desembarquei em Congonhas, chovia muito. Os voos tinham sido adiados, só iria sair um no dia seguinte. Pra minha surpresa, o Mack estava me esperando no aeroporto. Ele tentou me convencer de que eu tinha entendido tudo errado e pediu para conversarmos. Chovia muito, São Paulo estava um caos, concordei em ir pra casa dele. Foi meu erro.

— O que aconteceu então? — perguntou Cadu.

— Era uma armadilha. Ele me agrediu e me prendeu num quarto.

— Que bandido! — comentou Cadu.

— E ele roubou seus documentos? — perguntou Fred.

— Isso mesmo. Como você sabe?

— Eu deduzi, porque ele foi preso tentando viajar pros Estados Unidos com todos os seus documentos.

— Pois é, ele roubou meu dinheiro, meu passaporte, tudo. Mack estava cada vez mais desequilibrado. Depois de um mês, eu fiquei fraco, a comida enlatada que ele deixou tinha acabado; ele não aparecia, não sabia o que ia acontecer. Então comecei a socar a porta que trancava o quarto até ela ceder. Ao chegar do lado de fora da casa, ainda descobri que as outras portas também estavam trancadas. Mas com algumas ferramentas que achei consegui arrebentar a fechadura da frente também. Fugi, mas não tinha documento, nem dinheiro. Acabei pegando alguns aparelhos dele e vendi pra juntar alguma grana. Voltei pro

Rio de ônibus, mas fiquei com medo de aparecer e o Mack me descobrir, por isso me escondi durante esse tempo. Não sabia do que ele seria capaz.

— Onde você ficou? — Gui ficou curioso.

— Acho que eu sei — concluiu Fred.

— Sabe?

— Hoje, eu e a Lena percebemos uma espécie de porta falsa na parte de trás da casa.

— Você é muito esperto, meu rapaz! É isso mesmo. Há um porão na casa, com uma porta falsa. Foi ali que me escondi durante os últimos meses. Tinha comida, algumas roupas e pouco dinheiro. É muito comum nos Estados Unidos esses esconderijos dentro de casa. Eu achei a ideia interessante e, em virtude da violência dessa cidade, construí esse local quando reformei essa casa.

— E por que resolveu aparecer hoje? — perguntou Gui.

— Porque eu entrei em contato com o Hórus e ele me avisou que o Mack tinha sido preso.

— Então, o professor Hórus sabia onde você estava?

— Não. Por coincidência, eu procurei por ele na quarta-feira, pra pedir ajuda. Aliás, foi uma conversa que ouvi de vocês que me fez tomar essa decisão. Soube que o Mack tinha sido descoberto e estava foragido. E ao ouvir o nome do Hórus, decidi que ele seria a pessoa certa para me ajudar.

— E como você conseguiu ligar pra ele?

— Eu saía de madrugada, pela entrada no final da Rua Quinze, lá do lado norte do condomínio. Tem uma passagem lá para aquela Igreja Metodista. Depois, passava o dia todo na rua, voltando só de noite.

— Moro aqui desde que nasci e não tinha ideia de que existia essa passagem. — Gui estava surpreso.

— Pois é, mas existe. Agora, com a prisão do Mack, vou conseguir regularizar minha situação, pegar meus documentos, acessar minha conta e, pelo menos, comprar roupas decentes — ele riu. — Eu pretendia entrar aqui, pra ver o que tinha sobrado, mas vocês trocaram as fechaduras; então, tive que ficar de tocaia, esperando um momento em que vocês voltassem pra entrar e descobrir o que estava acontecendo.

— Puxa, foi mal! — desculpou-se Cadu, principalmente por ter participado da farsa do telefonema.

— Está tudo bem! Agora que o Mack foi preso, posso colaborar pra mantê-lo atrás das grades por um bom tempo.

— Como? — perguntou Lena.

— Eu guardei no porão o DVD com a gravação do Mack confessando que estava desviando dinheiro. Na mesma gravação, ele diz que não vai ficar a vida toda como um professor medíocre de matemática, de um colégio mais medíocre ainda como o Ilíada.

— E eu que pensei que ele gostasse de lecionar.

— Pelo jeito, Lena, ele não gosta de ninguém — concluiu Fred. — Mas o que importa é que esse DVD era a prova de que a polícia precisava. William, fiquei com uma dúvida: por que você apagou esse registro de memória do Billy depois de copiar o DVD?

— Porque nunca ensinei o Billy a mentir. Se a gravação estivesse em seus registros e o Mack perguntasse por ela, Billy acabaria revelando a verdade e poderia correr risco.

— Fantástico! — declarou Gui.

— Amanhã, irei procurar o Hórus pra entregar esse DVD e recuperar meu passaporte.

— William vai viajar de novo?

— Vou precisar, Billy. Mas sei que você vai ficar em boas mãos. — Olhando para os jovens, pediu: — Vocês poderiam tomar conta dele enquanto me ausento por mais alguns dias?

— Claro que podemos — respondeu Fred.

— Tudo bem pra você, Billy, passar mais um tempo com a sua turma?

— Tudo bem para Billy. Antes, Billy só tinha um amigo. Só William era amigo de Billy. Billy agora tem vários amigos. Billy não vai mais ficar sozinho enquanto a turma do CP-500 estiver aqui.

William sorriu, impressionado com o pensamento de Billy. E todos do grupo do CP-500 foram envolvidos naquela onda de surpresa.

— Pode ficar tranquilo, William! A turma do CP-500 também não pode ficar sem o Billy — completou Fred.

— Billy fica feliz.

Todos riram. Os amigos se abraçaram pouco antes de levar aquele abraço para Billy, colocando as mãos sobre a tela. Do outro lado, Billy fazia o mesmo.

Capítulo 25

Resende,
5 de julho. 23:30

A chuva forte caía há setenta e duas horas, deixando o início das férias um pouco mais triste. Fred não se importava. Na verdade, doía-lhe apenas ficar longe de Billy. Mas, se isso também significava ficar longe das confusões que a volta da mãe causou na vida de todos, então era um preço razoável a pagar.

No último dia de aula, nenhum dos amigos sabia muito bem o que fazer durante as férias. A casa de Gui em Angra não era uma opção, pois o clima tinha realmente esfriado. Um campeonato de games não empolgava ninguém como empolgava Cadu. O presente de última hora da diretora Sacramento a todos os atletas que participaram dos Torneios Estudantis foi ao mesmo tempo uma solução e uma surpresa. E essa surpresa foi perfeita, não dando muita chance para os amigos pensarem. A excursão levaria o grupo para passar uma semana num hotel em São Lourenço, com várias atividades programadas para os jovens.

O ônibus já estava parado há mais de uma hora no engarrafamento. Fred olhou para o lado e viu Lena dormir profundamente. Três fileiras à frente, ele podia pressentir a tristeza de Gui. Não sabia como consolar o amigo após a briga que ele e Lena tiveram. Uma briga que parecia irremediável. Não sabia como consolar nenhum deles, uma vez que seu coração, de alguma forma, se enchia novamente de esperança. Duas fileiras atrás, à esquerda, de vez em quando Fred flagrava o romance entre Carol e Cadu.

A noite seguia silenciosa. A maioria dos passageiros dormia indiferente ao atraso da viagem, que já superava cinco horas, em função de dois acidentes que haviam ocorrido no trajeto. Parecia que só ele não ia conseguir descansar. Ligou o celular. Talvez navegar um pouco lhe trouxesse o sono. Resolveu checar seus e-mails. Apagou alguns spams, respondeu uma mensagem do pai, até perceber um e-mail de Billy.

Sorriu. Era uma novidade que William tinha implantado pouco antes de viajar. Sua maior alegria foi ter ajudado William a finalizar aquele módulo, que permitia que Billy se conectasse remotamente com outras pessoas.

O que ele não esperava era encontrar aquele conteúdo na mensagem.

Isso faria com que a viagem de férias tomasse um novo rumo...

GLOSSÁRIO

Atena - Atena era a deusa grega da sabedoria e das artes. Os romanos a chamavam de Minerva. Foi concebida da união de Zeus e da deusa Métis.

Domínio Público - Vários textos em domínio público podem ser encontrados no site http://www.dominiopublico.gov.br, mantido pelo Ministério da Educação. O site contém também os textos de Machado de Assis. Outro site que possui textos de Machado de Assis, com hiperlinks de explicação de alguns termos, é http://www.machadodeassis.net, mantido pelo CNPq, Faperj e Fundação Casa de Rui Barbosa.

Ilíada - É um poema épico de autoria atribuída a Homero, poeta grego, do século VIII a.C., que viveu onde hoje fica a Turquia. Nesta obra, o autor descreve o último ano da Guerra de Tróia (entre gregos e troianos). O título deriva de Ílion, nome grego de Tróia. A raiva de Aquiles pela morte do seu amigo Pátroclo é o motivo central da Ilíada. Homero utilizou a cultura oral para escrever este livro. Também é atribuída a ele a obra Odisséia.

Números binários - Números que empregam apenas os dígitos 0 e 1, chamados de base 2.

Países lusófonos - São países onde a língua oficial ou dominante é o português.

Sistema Operacional DOS - DOS (Disk-Operating System) é um sistema operacional criado para que se possa dizer ao computador os programas que precisam ser executados, os periféricos (ex: impressora, vídeo etc.) que precisam ser usados ou a forma de organizar seus arquivos. O sistema operacional controla a CPU, que é a unidade central de processamento do computador.

O Windows, quando foi criado, era apenas um sistema gráfico para operar sobre o sistema DOS, facilitando a inserção de comandos e interação com o computador. Em suas versões mais recentes, o Windows passou a assumir a característica de um sistema operacional. No entanto, ainda é possível simular o DOS dentro do Windows, digitando command na barra do menu Iniciar. Exemplo: No prompt de comando, pode-se digitar DIR. Dessa forma, o sistema retornará o conteúdo da pasta atual – algo como clicar numa pasta no Windows Explorer.

Esta obra foi composta com a fonte
Adobe Jenson em corpo 12, em papel Offset 90g/m² (miolo) e
Triplex 250g/m² (capa), em julho de 2018.